僕がぼくであるために

ピースボートで大東亜戦争のことを考えた

矢野哲郎

Yano Tetsuro

花乱社

はじめに

皆さん、初めまして。福岡出身の塾講師兼日本語教師の矢野哲郎です。

私は大学生の頃から、主に新聞の投稿欄を通じて、考え方や生き方を世の中に発信してきました。

また2015年にはNGOピースボートが主催する世界一周クルーズに参加し、世界中の様子を見聞。クルーズ中は観光をするだけではなく、「自主企画」を通じて歴史に関することや歌手、スポーツ選手から学んだことを発信していました。

この度、投書や自主企画では伝えきれなかった私の思いや考え、学んだことを本として皆さんにお贈りすることになった次第です。

私がこの本を書くモチベーションになったのは、「これから自分はどうすれば良いのかわからない」という人たちの励みになりたい、勇気のきっかけになりたいという気持ちです。

「誰かに勇気を与えたい」と言うと差し出がましい感じになりますが、それでも私は何もできない男にはなりたくありませんでした。

と言うのも、今の日本はなんだか閉塞感が漂っていて、スカッと生きていない人が多いような気がしてならないのです。

どうしてスカッと生きるのが難しいのか？

不況だからとか、情報社会になって情報過多でノイローゼになったから、などの要因があると思います。また、「先行きが不透明だから」とか「漠然とした不安を抱えていて」という言葉をよく聞きます。

それはなぜかというと、自分のスタイルを確立できていないからではないでしょうか。

ここでいう「自分のスタイル」とは、言い換えれば「自分の生き方」とか「自分のこれ！と思えるもの」といった感じでしょうか。

- 自分の好きなこと
- 自分ができること
- そしてそれによって、自分が人に認められることこの三つが合わさったものと考えると分かりやすいでしょう。

一度自分のスタイルを確立できれば、日々の暮らしに充実感を感じることができると思います。それに辛いことがあったとしても、自分のスタイルがあれば乗り越えることができるのではないでしょうか。

そして自分なりの物の見方、考え方がはっきりして、充実した人生を送れると思うのです。


では、「自分のスタイル」をはっきりとさせるにはどうすればいいのでしょうか?

人それぞれ生き方は違います。でもみんなに共通して言えることは、情報収集と行動を繰り返し、自分の得手不得手を理解することが第一歩だということです。

私にとっての「自分のスタイル」は、文章を書くことだったり、企画や塾講師・日本語教師の仕事などを通じて人前で話すことだったりします。


この本の中には、新聞への投書とクルーズ中の企画を基に、多種多様なことが書いてあります。サッカーの話やパラリンピックの話、音楽。あるいは人種差別や戦争など、歴史の話。そしてクルーズで知り合った仲間たちの話。

皆さんもご存じであろう有名人の方々の活躍からも話を展開しています。中村俊輔や三浦知良といった日本サッカー界のヒーローや伝説のアーティスト・尾崎豊。日本人が忘れていた豊臣秀吉の偉業……。

あなたは、世界最強のサッカーチームと戦ったアマチュア軍団を知っていますか？　アイマスクをしてプレーするサッカーを知っていますか？

あの尾崎豊の長男の曲を聴いたことは？　世界で初めて人種差別を撤廃しようと国際社会に訴えかけたのは、日本だって知っていましたか？

興味があるところからで構いません。まずはピンと来たところから読み始め、ぜひ刺激を受けてください。そしてその刺激をもとに、自分なりに考えて行動してみてください。そうすることで皆さんが「自分のスタイル」を確立する助けになれば、こんなに嬉しいことはありません。

僕がぼくであるために ❖ 目次

第3章　父と子——尾崎豊と尾崎裕哉

第4章　船の若者

第5章　談論風発をしたい

第6章　人種差別と大東亜戦争

第7章　自分ノート

僕がぼくであるために

ピースボートで大東亜戦争のことを考えた

第1章　サッカーから学んだ人生論

Jリーグの興奮

サッカー・Jリーグは間もなく20年目のシーズンが終わる（2012年現在）。現在の男子日本代表は歴代最強との声もあるが、この強さはリーグの発展と共に培われたと思う。この間、Jリーグは多くの名選手がプレーし、好選手を育んできた。

2006年W杯ドイツ大会の代表監督だったジーコは、発足時に鹿島アントラーズに所属し、日本人にプロ意識を植え付けた恩人だ。先日タイで開催されたフットサルW杯に出場したカズこと三浦知良は、往年のファンを今でも感動させている。フリーキックの名手・中村俊輔は私と父の共通のヒーローである。

本田圭佑や香川真司といった海外組を擁する今の日本代表は、確かに頼もしい。しかし彼らも国内でプレーした時の活躍があったから、今の地位を得たのだろう。

多くのドラマを生んだJリーグ。今後は新人選手の活躍にも期待したい。

（2012・11・20「毎日新聞」、一部加筆修正）

これは、私が2012年に「毎日新聞」に投書したサッカーの投稿です。

Jリーグ草創期に活躍した元日本代表監督のジーコ氏とカズこと三浦知良選手、そしてジーコジャパンの主力選手だった中村俊輔選手、そして今も日本を代表する選手である本田圭佑選手と香川真司選手の名を挙げています。

私は彼らからサッカーという競技の面白さやエキサイティングさだけではなく、人として大切なことをたくさん学びました。

厳しい意見こそ活力源に　三浦知良の男気

1993年に発足したJリーグ。2018年に25周年を迎えたわけですが、たった二人だけ、リーグ草創期からプレーする現役選手がいます。1996年のアトランタ五輪で「マイアミの奇跡」と呼ばれるブラジル戦の決勝点を挙げた伊東輝悦選手と、1993年5月15日の歴史的な開幕戦に出場したカズこと三浦知良選手です。

三浦選手は1967年に静岡市で生まれました。

その翌年の1968年には釜本邦茂さんらの活躍もあり、メキシコ・オリンピックで日本は初のメダルとなる銅メダルを獲得します（釜本さんの姉である釜本美佐子さんは日本ブラインドサッカー協会の理事長を務めています）。

しかしその後は、現在に至るまで五輪のメダルを持ち帰ったことはありません。東京オリンピックでの躍進が期待されますが、逆を言えばカズはそんな日本サッカー低迷の時代から現在までを駆け抜けている、時代の生き証人と言えるでしょう。

三浦選手が高校を中退し、単身でブラジル・サンパウロに渡ったのは15歳の時でした。今考えても規格外の胆力・行動力ですが、当時ではほとんど考えられない行動だったのではないでしょうか。

日本にプロサッカーが存在しなかった当時、周りに「日本人にサッカーができるのか？」と揶揄されながらも決して諦めなかった土性骨《どしょうぼね》は3年後に実を結びます。

18歳の時に名門・サントスとプロ契約。かつて「サッカーの王様」ペレも在籍したクラブです。三浦選手が「キング・カズ」としての一歩を進み始めたのです。

ここまで登りつめるために、血の滲むような練習の日々があったことは想像に難くありません。環境も決して整っていたとは言い難く、周囲の見る目も今と比べて温かくはなかったかもしれません。それでも彼は諦めませんでした。

このブラジルで経験した辛苦・辛酸とそれに負けない精神性が、日本に戻ってからも彼を偉大な選手たらしめていると言えるでしょう。


23歳の時に帰国した三浦選手は、読売サッカークラブ（現・ヴェルディ）に入団。1993年にJリーグが発足した際はヴェルディの新主将として活躍。翌年、最初のシーズンを終えて彼は最初の最優秀選手（MVP）に選ばれ、チームもJリーグ初代王者に輝きます。

私は子供の頃は「サッカーと言えば緑色」というイメージがありました（今なら「侍ブルー」の青でしょうが）。それはテレビCMでも引っ張りだこだった、ヴェルディの三浦選手やラモス瑠偉さんの影響に他なりません。

その後も三浦選手は躍進を続け、27歳にしてジェノアに加入。セリエA初のアジア人選手となります。29歳にJリーグに復帰してからは、23得点を挙げてJリーグ得点王になりました。

すべてが順風満帆だったわけではありません。

Jリーグ発足と同じ1993年には、ワールドカップ最終予選、勝つか引き分ければ初のW杯出場という状況の中で、日本はロスタイムに失点。惜しくも大会初出場を逃す、「ドーハの悲劇」を経験します。

さらに、W杯初出場となった1998年W杯フランス大会では、大会直前で代表メンバー落ちの憂き目にあうことになります。

しかしこの後も三浦選手は海外・Jリーグのいろいろなチームを渡り歩きながら、一試合一試合をひたむきに戦いました。

2012年にはフットサル日本代表として「W杯に出場」します。このフットサル日本代表入り・大会への参加には賛否両論がありましたが、フットサルに世間の注目がより多く集まったと思います。私がフットサル、ひいてはブラインドサッカーやビーチサッカーなどいろいろなサッカーに興味を持つようになったのも、もとはと言えば三浦選手のフットサルW杯出場がきっかけなのですから。

私は2012年の頃はJリーグを今ほど熱心に観ていたわけではありませんが、20回目の節目のシーズンということもあり、俄然興味を持つようになりました。他の若い選手らに混じってプレーする三浦選手をいつもかっこいいと思って見ていました。

私が三浦選手をますます好きになったのは、やはり２０１５年のあの出来事がきっかけですね。

私が「毎日新聞」に送った投書から抜粋します。

４月19日に、Ｊ２・横浜ＦＣのカズこと三浦知良選手が、自身の持つＪリーグ最年長ゴール記録を、48歳１カ月24日に更新した。今季２得点目だった。

三浦選手といえば、元プロ野球選手の張本勲氏が「カズよ、もうお辞めなさい」とテレビ番組で発言し、物議を醸した。これに対し三浦選手は、憤るどころか「もっと活躍しろって言われてるんだなと思う。これなら引退しなくていいって、俺に言わせてみろってことだと思う」と、感謝さえ示した。そして有言実行の形で見事にゴールを決めた。本当に立派だと思う。

最近は人に厳しいことを言われると、萎縮したり反抗したりする人が多いと思う。それでは情けない。そういう時こそ、自分を成長させる良い機会なのではないだろうか。私も三浦選手を見習い、厳しい意見こそ叱咤激励と受け止め、成長していきたい。そんな姿勢が、今の日本に必要だ。

（２０１５・４・28「毎日新聞」）

普通なら怒る場面でも嫌な顔一つせず、むしろ感謝さえ示した懐の深さ。本当に人間として尊敬します。

かつてブラジルで経験した辛苦・辛酸とそれに負けない精神性がここにきて、再び発揮されたのです。このエピソードから私は勇気をもらいました。これ以来、私は人に批判されて落ち込んだことは一度もありません。

私もピースボート88回クルーズで周囲と違う企画を行っていた際、言われなき誹謗中傷を受けたりもしました。しかし、私の心は決して折れたりせず、傷つきもしませんでした。私はカズから学んだのです。そんなことで落ち込むことなんてないんだよと。それはむしろ、感謝すべきなんだよと。

私は批判されても、逃げも隠れもしません。「この人は俺の覚悟が本物かどうかテストしてくれてんだな。感謝しなきゃな」とそう思って、最後まで自分の信念を貫き通すのです。それが勇者の生き道――カズがそう私に教えてくれました。

尊敬と感謝① 私のヒーロー中村俊輔

中村俊輔選手は、今は天国にいる父との思い出の選手です。尾崎豊と中村俊輔は私と父の二大ヒーロー。まずは投書を紹介します。

Jリーグ最優秀選手（MVP）に横浜F・マリノスの中村俊輔選手が選ばれた。史上初の2度目、最年長での受賞だ。今季のJリーグ得点ランキング上位には彼より若い選手が並ぶ。しかし、直接フリーキックによる得点数をリーグ最多記録の17に伸ばした中村選手の快挙も、彼らの活躍に比べて遜色はない。

34歳で亡くなった松田直樹さんへの感謝や、「私の中でのMVP」とする中澤佑二選手への尊敬の気持ちを、受賞時に述べた。その姿勢は本当に立派だ。

私は1度目のMVP受賞を今は天国にいる父と喜び合った。俊輔は、父と私の共通のヒーローだ。今回も彼の活躍に勇気をもらった。私も周囲への感謝や尊敬の気持ちを忘れず、今度は私が仕事を通じて子供たちに勇気を与えたい。

（2013・12・15「朝日新聞」、一部加筆修正、記録や選手の所属チームは当時のもの）

2013年と言えば私が大学を卒業した年ですが、このシーズンのマリノスは強かった記憶があります。マリノスとサンフレッチェ広島が上位を争い、直接対決ではマリノスが2連勝したものの、最終節でサンフレッチェが逆転優勝するという苦汁をなめる展開でした。最終節に川崎フロンターレとの試合に敗れた後、中村選手はピッチに伏せて涙を見せました。2002年日韓ワールドカップのメンバーに選ばれなかった時や2006年のW杯ドイツ大会の際のグループリーグ敗退の時も涙を見せなかった彼が、です。

サポーターのためにも優勝したいという思いがとても強かった証でしょう。あの男泣きを私は忘れることはできません。

しかし投書に書いた通り、中村選手は直接フリーキックによる得点ランキングでは1位です。一時はガンバ大阪の遠藤保仁選手に並ばれた時期もありましたが、この後も着実に記録を伸ばしていきました。

私が後述するピースボート88回クルーズに参加した時も、たまにWi-Fiでネットが繋がる時に彼の活躍や記録の更新に心躍らせ、友人らと盛り上がったのもいい思い出です。

2016年Ｊ１第２節の試合

なんといっても忘れられないのは、２０１６年の第1ステージ第2節・アビスパ福岡－横浜Ｆ・マリノス戦です。「地元福岡で俊輔たちのプレーを観ることができる！」と思った私は、当然試合を観戦しに行きました。前半にアビスパのウェリントンが2戦連続得点となるヘディングシュートを決め、マリノスは1点を追う展開。そして後半の82分、事件は起きました。なんと私は中村俊輔選手の直接フリーキック弾をこの目で観られたのです！

この時の興奮を私はいつまでも忘れることができません。「本当にかっこいい！」、「すげー!!」。サポーターたちの歓声に湧き上がるスタジアム！　私自身、「なんであんな角度からフリーキックで得点できるんだろう！　なんたって俊輔はこんなにスゲーんだ！」と思いました。

やはり試合を観に行って良かった。臨場感も格別でしたし、自身が持つリーグ記録を塗り替える中村選手の直接フリーキック弾をこの目で観ることができるというのは、サポーターとして最高の体験でしょう。

（私が福岡県民なのにアウェイ・サポーター席からスタジアム入ったのは内緒です。）

中村選手は2017年に長年在籍した横浜F・マリノスからジュビロ磐田に移籍しました。海外時代を除いて1997〜2002年、2010〜16年の長きにわたってマリノスの象徴だった彼の移籍は大きな話題となりました。

39歳の彼は新天地で更なる飛躍を遂げています。執筆活動中の私も何度も彼の活躍に励まされました。

ちなみに中村選手は以前、「2012年度ベスト・ファーザーイエローリボン賞」を受賞しました（同賞は「素敵なお父さん」とされた著名人に贈られる賞で、主催は日本メンズファッション協会と日本ファーザーズ・デイ委員会）。

4人兄弟の末っ子として育った中村さんは、現在7歳、4歳、2歳の息子さんと1歳のお嬢さんの4人のパパです。

家では家族に全力、グランドではサッカーに全力で向き合うことを信条としている中村さんは、試合ではファンを魅了するプレーを心がけ、家に帰れば奥さんのサポーターとなって、洗濯もすれば、皿洗いもするそうです。

どちらかが叱ったらどちらかがフォローに回り、奥さんとのチームワークは絶妙。その都度、ああしろ、こうしろと細かく注意するのではなく、いざという時に的確な言葉をかけ、手を差し伸べて道をつくってやれる父親を目指す、全国サッカー少年憧れのカッコイイ父親です。

（２０１２年度ベスト・ファーザーイエローリボン賞ホームページ）

また、中村選手を尊敬してやまないサッカー日本代表・岡崎慎司選手の著書『鈍足バンザイ！　僕は足が遅かったからこそ、今がある。』にも、中村選手の言葉が紹介されています。

「『イクメン』なんて言葉、おかしくないか？　男も育児をするのは当然だよ」

やっぱり俊輔は私と父の共通のヒーローです。

（この本を執筆中の２０１７年9月10日、中村俊輔選手の第５子となる男の子が誕生しました。心からの祝福と中村家の幸福をお祈り申し上げます。）

尊敬と感謝② アマチュア軍団タヒチ代表の挑戦

次に紹介するのは、世界最強のチームに挑んだアマチュア軍団、サッカータヒチ代表についての投書です。

6月にブラジルで開催された、サッカー・コンフェデレーションズカップに出場したタヒチ代表の健闘に感銘を受けた。メンバーは1人を除き、運転手や教師などアマチュアだったが、強豪相手に堂々と戦い抜いた。

初戦のナイジェリア戦では1－6と大敗したが、格上相手に一矢報いた。続くスペイン戦、ウルグアイ戦は無得点に終わったが、消極的なプレーはしなかった。最終戦の後、「ありがとうブラジル」と書いた横断幕を持って場内を一周したことも印象深かった。

もちろん試合に関して、勝ち負けにこだわることは大切だと思う。しかしそれ以上に、相手への尊敬、観客への感謝、全力を出し切る姿勢が大切ではないだろうか。

日本には成果主義の風潮があるが、私はタヒチ代表のスポーツマンシップを見習いたいと思う。周囲への尊敬や感謝の気持ちを忘れず、結果だけに捉われず、自分にできる最大限をやり遂げようと思う。

（2013・7・7「毎日新聞」）

日本代表も出場したFIFAコンフェデレーションズカップ・2013年ブラジル大会の投書です。日本もイタリア代表に3－4と健闘しましたが、私がこの大会で最も心打たれたのは優勝したブラジル代表でもなく、当時の世界チャンピオンのスペイン代表でもなく、このタヒチ代表でした。

コンフェデレーションズカップは各大陸王者とW杯覇者、次期W杯開催国を交えて行うワールドカップのプレ大会。この2013年大会ではオセアニア王者の常連だったニュージーランドに代わり、アマチュア中心のタヒチが出場し、ドラマが生まれます。

コンフェデ杯はもちろん、主要な国際大会には初出場のタヒチ。強豪・ナイジェリア相手に開始10分で2失点を喫するなど、力の差は歴然でした。しかし鋭い速攻で対抗し、54分にMFのJ・テハウがコーナーキックを頭に合わせてゴールを決めます。

このゴールは記録の上では1得点ですが、大きな意味合いを持つ1得点ではないでしょうか。タヒチ代表のエタエタ監督は続くスペイン戦にも、「尊敬しているが守備的な戦いはしたくない」と不敵に言い放ちました。

試合はスペイン戦が0－10、ウルグアイ戦が0－8と無得点で大敗。しかし決して消極的なプレーはしませんでした。

タヒチ戦で4得点したフェルナンド・トーレスはタヒチ代表の戦いぶりをこう称賛します。

「タヒチは100％の情熱とフェアプレーで最後まで戦った。彼らを模範とすべきだ。彼らは適切なプレーをしようとし、楽しもうとしている。決して試合を投げたり、相手を蹴ったりすることがない。彼らはサッカーを楽しんでいる。それこそ、今日の試合で僕らが得られる大きなことだ」

「試合後、僕らは彼らと写真を撮っていた。彼らは幸せなんだ。彼らが笑い、最後まで楽しむのを見られて、本当に楽しかった」

「彼らは、他チームのお手本になるチーム。圧倒的な力の差があっても、彼らはサッカーを楽しんでいた。一番重要なのは、試合がスポーツマンシップにのっとったものであったということ。僕ら（スペイン代表選手）もすっかりタヒチのファンになって、試合後に一緒に写真を撮った。彼らと試合をしたのは大きな喜びだよ。それは、圧勝したからということではなく、彼らが非常にフェアで、たとえゲームに負けていても、試合の最初から最後まで笑顔で戦っていたからさ」（タヒチの姿勢にF・トーレスも感銘「模範だ」（Goal.com）―Yahoo!ニュース）

また、試合3得点のFWビジャもタヒチ代表を絶賛するコメントを寄せます。

「タヒチのプロ意識に感謝したい。彼らは試合を通じて、悪質なプレーをしたり、蹴りを入れるようなことはなかった。難しい相手ではなかったけれど、常にあらゆる判断をして、注意を払ってフィールドでプレーした。満足している」（ハットトリック達成のFWビジャ「タヒチのプロ意識に感謝」（SOCCER KING）― Yahoo! ニュース）

スペインのデル・ボスケ監督もタヒチを高く評価します。

「ポジティブな面を見なければいけない。我々は良いプレーをした。インテンシティーがあり、相手に敬意を払っていた。軽んじてはいなかった。力の差は明らかだったね。だが、（試合後の両チームの）スポーツマンシップは、サッカーにとって良いことだった」（大勝と両軍のスポーツマンシップをたたえるデル・ボスケ（Goal.com）― Yahoo! ニュース）

グループリーグ最終戦のウルグアイ戦も、完全に一方的な試合だったわけではありません。タヒチで唯一のプロ選手であるマラマ・ヴァイルアがロングシュートでウルグアイのGKマルティン・シルバを脅かすと、スティービー・チョン・フエが単独でウルグアイのDF陣を突破。残念ながらゴールには至りませんでしたが、果敢なプレーを見せつけました。

もちろん試合なのだから、勝ち負けにこだわることはやっぱり大切だと思います。この大会はオセアニア地区と他の地区とのレベルの違いを浮き彫りにしたとも言えるでしょう。しかし、先述した尊敬や感謝の気持ちこそが人としてもっと大切なことではないでしょうか。タヒチの選手たちの清々しい姿勢は、目の肥えているブラジルの観客たちの心も掴みました。試合後は、大会を通じて応援してくれたブラジルの観客たちに向けて、ブラジル国旗を振りながら「OBRIGADO BRASIL（ありがとう　ブラジル）」と書いた横断幕を持って場内を一周。

エタエタ監督も「素晴らしい経験だった。またこのような国際舞台に戻ってこられれば」と語り、記者会見に参加したジャーナリストすべてと握手を交わしました。

こうして大会唯一の「アマチュア軍団」は、爽やかに大会を去ったのです。

このサッカータヒチ代表の戦いぶりは、現代社会に生きる私たちにとっても大きな指針になるものではないでしょうか。

私もピースボート88回クルーズでタヒチを訪れました。美しい海と山、畑。豊かな自然と共に生きるタヒチの人々の原点を見ることができたと思います。

第2章　ブラインドサッカー

ブラインドサッカーとの出会い

私がブラインドサッカーに興味を持ったのは、2014年の夏のことでした。

7月23日の「読売新聞」の記事でブラインドサッカーという競技があることを知り、ボールが転がると音が出ること、キーパーは晴眼者《せいがんしゃ》がすることが多い、選手の練習時間の確保が課題であることなどを知りました。大学生の頃に労働経済を専攻していた私にとって、選手の労働条件も興味の対象でした。

9月6日には日本代表の加藤健人選手の記事が掲載されていて、こちらも読み込んだことを覚えています。レーベル病を患い、視力がどんどん悪化する現実になかなか向き合えなかった加藤選手が、ブラインドサッカーに出会い、競技に打ち込んでいったというエピソードは、私の心を熱くさせました。

2014年に東京で開催された世界選手権での5位入賞も素晴らしい快挙だったし、来日したドイツ代表が日本代表との試合後に「ニッポン、ニッポン」とコールしてくれたという逸話も、私のブラサカ熱を上昇させる一方でした。

実践！ ブラインドサッカー

それから約1年後。ついにブラインドサッカーを実践できる機会が訪れました。ピースボート88回クルーズの自主企画です。

私はクルーズの序盤から、持参したブラインドサッカー・アジア大会のチラシを船内で知り合いなどに配っていました。まずはあまり知られていないこの競技について、みんなに知ってもらわなくてはいけません。

そして記念すべき最初の自主企画は、ブラインドサッカーの説明会でした。競技のルールやプレー・スタイルなどの概要を説明。来場者の皆さんとサッカーのバリエーションの広さなどを語り合いました。この時の企画の充実感が、私がその後めげずに自主企画をやり続けたことの拠り所となったのは間違いありません。

説明会ときたら、あとは実践あるのみです。いろいろと不安はありました。音が鳴る公式ボールは盲学校などに優先的に配布されるため、私はタイミングを逃してクルーズ前に用意することができませんでした。そのため、普通のボールを使わざるを得ません。

私自身スポーツは苦手な方だったし、もちろん目隠しをしてサッカーなんて初めて。しかし、最初の一歩を踏み出さなくては何も始まりません。

最初の実践には、同室のスイフトや隣の部屋の友人や福岡ピースボート時代からの友人などが来てくれました。船内のスポーツデッキはそこまで広くはありませんでしたが、かえって助かりました。

ブラインドサッカーの公式ボールを携える著者

通常のサッカーボールを使い、タオルなどで目隠しをしてパス練習を開始。最初は全く状況が分かりません。それも無理のない話です。肝心のボールは音が鳴らないし、デッキは風や波の音もして全然ブラインドサッカー向けの環境ではありません。

そこで私たちは知恵を出し合い、「目隠しをするのは、最初は一人だけ」、「ボールの音が鳴らない分、みんなで『ボールは右にあるよ』など具体的に声出ししてアドバイスをする」、「目隠しをしている人からパスを受け取る人は、手を叩いて場所を知らせる」など、状況に応じて工夫を凝らしていきました。

これが見事に噛み合い、一定の間隔でパスが回るようになりました。もちろん傍から見ればボールを弱々しく動かし合っているだけでエキサイティングでも何でもないかも知れませんが、ブラサカ初心者の私たちにとっては格段の進歩です。

あの時の感覚はこれから先、忘れることはないでしょう。耳を研ぎ澄まして仲間の掛け声や手拍子をつかみ、足先でボールの感覚を確かめて声がする方へ力を入れすぎないようにパス。五感のうち、聴覚と触覚をこんなに研ぎ澄ましたのは人生で初めてかも知れません。

ゴール練習はパス練習よりも難しかったです。デッキにあるゴールは通常のサッカーゴールよりずっと小さく、幅1メートルもありませんでした。そこで私たちは、ゴール裏に声をかけたり手拍子をしたりする人を立てて、キックをする人がゴールを決めたら交代していくという仕組みを作りました。

これは公式の試合で、相手のゴール裏にコーラーがいることと偶然一致しました。偶然というよりは、競技の本質を追求した上での必然の一致と言った方が正しいかも知れませんね。よくできているものです。

クルーズ中はこうしたブラインドサッカーの実践を数回、講義形式の企画を数回行いました。自主企画発表会で、公式ボールに書かれた言葉を読んだのもいい思い出です。

ボクらには夢がある。障がいのあるなしに関係なくサッカーでつながり、混ざっていくこと。

日本ではじめてつくるこの音の鳴るボールもそんな夢のための大切な一歩。

ボールの音をきき、声をかけあい、仲間を信頼し、立場も国境も、障がいも越えていく。

ボクらはボールひとつのチカラを信じている。

これがブラインドサッカーの理念です。

福祉ではなくスポーツ

さて、クルーズ中に気になったことがあります。

私がブラインドサッカーの企画をしていることに対して、「立派」と褒めてくださる人たちがいました。褒められるのは嬉しいのですが、違和感もありました。「知名度のない競技を広めているから立派」ということではなく、「障がい者の人がするスポーツに携わっているから立派」とか、そんなふうに感じられたからです。

視覚障害と向き合い、競技に真剣に取り組んでいる選手の方々を私が尊敬しているのは確かです。ブラインドサッカーに興味を持ったのが、「視覚障害があってもサッカーができるんだ」という驚きがもとだったことも否定しません。

しかし私は障がいのあるなしに拘らず、いろいろな人が自分の好きなスポーツに打ち込んでいる姿に感銘を受けたからブラインドサッカーが好きになったのであり、サッカーにもさまざまなバリエーションがあり、人間の持ついろいろな可能性を知ることができたから好きになったのです。

ブラインドサッカー日本代表の落合啓士選手の著書にも書かれています。「日本社会の中で、ブラインドサッカーは徐々に認知されてきています。しかし、まだ福祉の要素が強く、『目の不自由な人たちがするスポーツで……』という取り上げられ方をされることもあります。今後はひとつのスポーツとして見られるように努力していきたい。国際大会は視覚障がい者しか出場できませんが、国内の大会には晴眼者や弱視者でもフィールドプレイヤーとして出場できます。決して、『福祉』ではないと私は考えています。'20年東京パラリンピックまでに、この辺りの認識も変わればいいなと思います。」（『日本の10番背負いました』143ページ）

私にとっても、ブラインドサッカーは「福祉」ではありません。アンプティサッカーなど他の障がい者サッカーも含めて、例えばフットサルやビーチサッカーなどと同じように、「サッカーのバリエーションの一つ」と考えています。

私はブラサカ初心者だから、「スポーツ」というよりは「コミュニケーション・ツール」と思ってプレーしていた節があります。企画では前からの知り合いの人も初対面の人も含めて、お互いに相手のことを考えながら声を掛け合いました。視覚情報に頼らず、手拍子など工夫しながらパス回しをしていきました。企画がきっかけで仲良くなった人との縁は今も切れていません。

ちなみに『日本の10番背負いました』の43ページにはこんな一節があります。

「友達には尾崎豊の歌詞に影響され、夜の学校に忍び込んで校舎の窓ガラスを壊してまわった奴もいます。盗んだバイクで走り出した友達もいました。私は夜になるともう見えないので、どちらもできませんでしたが……」

私が88クルーズで力を入れていたブラインドサッカーと尾崎豊が謎のシンクロニシティを遂げていました。クルーズが終わって本を買って読んでいた私は思わず大笑いしてしまいました。

日韓ブラインドサッカー親善試合

クルーズが終わった後はなかなかブラインドサッカーに携わる機会がありませんでしたが、約1年後に宗像市で行われるブラインドサッカーの日韓親善試合を観に行きました。12月18日に宗像グローバルアリーナで行われた第3回ブラインドサッカー日韓親善試合のことです。

宗像グローバルアリーナでは、その日もアビスパＫＩＤＳのサッカー教室の児童たちが熱心にサッカーの練習に打ち込んでいました。そしてゲストに元日本代表の前園真聖さんを招き、親善試合の前には前園さんのトーク・イベントもありました。

地元の近くでブラインドサッカーの試合が行われ、体験会もある。しかも前園さんにも出会える。こんなチャンスを逃す手はありません。

よく晴れた青空とよく整備された芝生が映える中、サッカーに打ち込む児童たちの様子も観ました。それを時には応援し、時には温かく見守る保護者たち。見ていてとても爽やかな気持ちになりました。

そして、アトランタ五輪でブラジルを破った「マイアミの奇跡」の時のキャプテンだった前園さんに実際に会える幸運。当然のように私のテンションは上がります。

ブラインドサッカーの日本選抜チームの練習風景ももちろん観ましたが、やはりプロは違うなと思いました。ドリブルやシュートの練習をしていましたが、「見えないのにどうしてあんなに上手くできるの!?」と改めて感じることになりました。

実際に目を瞑って歩くと分かるのですが、見えないまま真っすぐ歩くこと自体がそもそも難しいのです。それを踏まえれば、ドリブルをして、ゴール目がけてシュートすることがどれほどすごいことなのかは想像に難くないでしょう。

攻撃陣と守備陣の二人に分かれてのドリブルシュート練習では、参考文献で読んだ通り、「ボイ」の掛け声を使っていました。果敢なプレーで、「ボイ」を連呼していたのは印象的でした。私の想像の中では、ちょっと走り込んで一言二言声をあげるだけだろう、とのんびりしたことを考えていましたがとんでもない。見える私なんかよりもずっと素早く機敏な、白熱の練習風景でした。

前園さんのトークイベントでは、彼が幼少の頃と現在の環境の違いなど貴重な話を生で聞くことができました。彼が幼少の頃はまだサッカーの練習をするフィールドなどもあまり整備されていなくて、会場のグローバルアリーナの美しさと比較して話を進行。芝生がよく整備されていることに驚きを受けた私も、「なるほどな」と思える話でした。

ジェネレーションギャップなのか、児童たちは前園さんやアトランタ五輪の頃のサッカー事情を知らず、質問も「歳は何歳ですか」とかそんな感じだったのはなかなか面白かったです。それを聞くのか……（笑）。

そしていよいよ、日韓親善試合が開始！

第1回、第2回ともにスコアレスドローになっているため、お互いに初勝利は譲れません。

練習時と同じく、レベルの高いドリブル。果敢なボールの奪い合い。そして壁際での競り合いはド迫力でした。視覚情報に頼らないブラインドサッカーの試合では、自分の立ち位置などを確認する際に壁をタッチしに行ったりしますが、自分が倒れないように、あるいは反則をとられてセットプレーから失点しないように、壁際での戦いになることも多いようです。

ゴール裏のコーラーのスローインや指示出しもすごかった。瞬時の判断で的確な声出しをし、よく通る声で選手たちに檄を飛ばす姿はまさにフィールドプレイヤーの一員という感じがしました。

試合内容は互角と言えましたが、小柄ながら機敏な韓国側のドリブル突破にあわや失点!?という場面もありヒヤッとしました。

日韓ブラインドサッカー親善試合

試合は0－0のままホイッスルが鳴りましたが、初めてブラインドサッカーの試合を観戦できた私には、引き分けという試合内容以上に得るものがありました。

そしていよいよ、体験会。日韓の選抜メ

ンバーとサッカー教室の児童ら、そして前園さんと一緒にブラインドサッカーをできるなんて、一生のうちに一回あるかないか。

年齢や国籍を超え、お互いに声を掛け合い励まし合いながら、時には手を引きながらプレーする。まさにブラインドサッカーの理念を体感しました。強くボールを蹴りすぎた時もありましたが、目が見えない状態になっても、周りが初対面の人ばかりでも、臆せずにプレーできました。クルーズ中の経験がしっかりと活きたのです。

その後の実践

2017年1月2日、再び88クルーズの仲間内でブラインドサッカーをする機会に恵まれました。同室のスイフトや福岡ピースボートセンターの黒霧、GS（95ページ参照）のあちょ、マッツーが私の地元の北九州に遊びに来た時に、また一緒にブラインドサッカーをしたのです。スイフトと黒霧、あちょはクルーズ中もブラインドサッカーの企画に来てくれていました。

この日は午前中に雨が降っていて芝生も滑りやすかったのですが、それでもパス練習などは結構うまく回っていました。やっぱりクルーズ中の経験が活きたのでしょう。マッツーはブラインドサッカーをするのは初めてでしたが、かなり上手でした。クルーズ中もクルーズが終わった後も行動を共にした者同士の連帯感から生まれたチームワークでしょう。

また私は2017年12月から翌年1月にかけての約1週間、台湾・宮古島を訪れるピースボート2018ニューイヤークルーズにも参加しました。その際もブラインドサッカーの企画を入れたのは言うまでもありません。

最初はやはり8階アゴラでスライドショーを用いて解説。2年前と変わらぬ情熱を実感できました。そして企画に来てくれた友人のラスカルとカイト君と一緒に、ブラインドリレー（音が出る公式ボールをバトン代わりにして、目をつぶり、声や手を叩く音で合図をするリレー）を実施。目をつぶった状態の怖さや平衡感覚の危うさ、そして声をかけ合うことの重要さを示しました。

8階アゴラでブラインドサッカーの解説を行う著者

次はスポーツデッキでブラインドサッカーを実践。1度目は自主企画に来てくれたルームメイトのベルや大学生の姉弟と、2度目はピースボート企画のサッカー教室に来ていた子供たちとプレーしました。手拍子や声のかけ方を工夫し、パス練習やゴール練習を行い、充実した時間を過ごせました。一緒にブラインドサッカーを実戦した経験が、船で出会った仲間たちの今後の人生で活きることがあれば、それに勝る喜びはありません。

古本パワープロジェクト

ブラインドサッカーの話をしたので、古本パワープロジェクトの話もしたいと思います。

これは不要になった古本を回収して査定、値段がついた本の代金を日本ブラインドサッカー協会や指定のチームに寄付するという仕組みです（値段がつかなかったものは、福祉施設に寄付されたり古紙リサイクルに出されたりします）。

本だけでなくＣＤやＤＶＤも送れますが、ＩＳＢＮ（バーコードと数字からできた図書を特定する番号）や規格番号のないものは送れないので注意が必要です。

集荷、仕分け、査定は株式会社バリューブックスが執り行います。

仮に一冊50円の買い取り価格がついたなら、１００冊で盲学校にブラインドサッカー公式ボールを二つ寄付できます。１万冊でブラインドサッカー選手が指導するワークショップを全国各地で実施できます。

私も今まで８１９冊・１万１１１９円（２０１８年4月現在）分の寄付を行いました。

私は以前から本を読むのが好きでしたし、今は天国にいる父の書籍も大切なものだけを残し寄付しました。いろいろな人の役に立つだろうから、天国で父も喜んでくれているに違いありません。

インターネットで「古本パワープロジェクト」と検索すれば、どうすれば寄付できるのか出てくるので、皆さんも不要になった本があればぜひ送ってください。もしかしたらあなたの住んでいる地域にもブラインドサッカーのプロチームがあるかも知れませんよ。

七つの障がい者サッカー

私がクルーズ中に取り組んでいたブラインドサッカー以外にも、障がい者サッカーのバリエーションはあります。七つの障がい者サッカー団体を包括する「一般社団法人日本障がい者サッカー連盟」も２０１６年４月１日に設立されました。

・特定非営利活動法人　日本アンプティサッカー協会
・一般社団法人　日本ＣＰサッカー協会
・特定非営利活動法人　日本ソーシャルフットボール協会
・特定非営利活動法人　日本知的障がい者サッカー連盟

・一般社団法人　日本電動車椅子サッカー協会
・特定非営利活動法人　日本ブラインドサッカー協会
・一般社団法人　日本ろう者サッカー協会

「もう一つのW杯」と呼ばれる知的障がい者サッカーの世界大会（INAS世界選手権）が1994年から、11人制サッカーのW杯と同じ年、同じ開催地で開かれています。日本代表は2002年の日本大会から4回連続出場。大会についての投書を書く際は、日本代表の利根川俊介コーチに電話インタビューをさせていただきました。急な連絡だったにもかかわらず丁寧に対応してくださった利根川コーチに改めてお礼を申し上げます。

2014年ブラジル大会では、日本代表は過去最高位の4位入賞となりました。選手の皆さんは渡航費などを多く自己負担し、ユニフォームの洗濯なども自分たちでしなくてはならなかったという大変な環境の中、本当に素晴らしい結果を出したと思います。

このブラジル大会では、もう一つ私の心を突き動かしたエピソードがあります。

大会に出場したスウェーデン代表も遠征費など費用が足りなくて困っていました。スタッフは5万1000ドル（約510万円）を集めるために奔走。最終手段として、有名サッカー選手に道具の寄付を要請し、それをオークションにかけて資金を捻出するという方法を編み出しました。

サッカースウェーデン代表（当時）のズラタン・イブラヒモビッチ選手にも声がかかりました。その時、彼はなんと5万1000ドル全額をポケットマネーでポンと提供したのです。

「サッカーは性別や、健常者か障がい者かどうかなどにかかわらず、誰にでもプレーされるべきだ」

「W杯出場を逃して、本当に落胆した。でもINAS世界選手権の話を聞いた時、俺のできることなら何でもしたいと思ったんだ。彼らを通じてW杯を経験できるんだからね」

私はますますズラタンが好きになりました。

障がい者サッカーの知名度が上がって費用不足に悩まされることがなくなればそれがベストですが、日本代表やJリーガーからもこんなかっこいい選手が現れることも密かに期待しています。

ビーチサッカー

次にサッカーのバリエーションとしてビーチサッカーの話をしたいと思います。

ビーチサッカーはその名の通り砂浜で行われるサッカーで、1チーム5人、12分×3ピリオドで試合が行われます。

足場が砂浜のためオーバーヘッドが通常のサッカーよりも多く見られ、フリーキックの際は壁を作ってはならないため、どこから打っても得点チャンスになるほど。ゴールが少年サッカーくらいの大きさでキーパーからも狙えるなど、アクロバティックな競技です。

ビーチサッカー日本代表も強く、W杯の最高成績は2000年の4位。ちなみに2005年と2009〜13年の日本代表監督はラモス瑠偉監督。2009年には前園真聖選手が代表選手として親善試合や予選に出場、アジア予選1位通過に貢献してW杯本大会にも出場しました。

このように、往年のスター選手が監督や選手として活躍し、それがビーチサッカーの普及に一役買っています。

日本の国内リーグも盛り上がっています。実は私の地元の「ドルソーレ北九州」はかなりの強豪チームで、全国大会で何度も優勝しているほどです。

第3章　父と子——尾崎豊と尾崎裕哉

尾崎豊との出会い

伝説のアーティスト・尾崎豊。皆さんは彼のことをご存じでしょうか。

「もちろん！」と答える方が多いと思います。しかし若い人の中には「誰、それ？」という人も少なくないかも知れません。かくいう私も尾崎世代とは言えないですね。彼が亡くなった時、私はまだ1歳でした。

なぜ私が尾崎のファンになったかというと、父の影響に他なりません。

尾崎世代ドンピシャの父は「15の夜」や「卒業」の過激な歌詞についても、「気持ちが分かるんだよ」と言っていました。私が小学生の頃、よく父がドライブ中に「卒業」を聴いていたのを覚えています。

しかし小学生時代の私は自分から積極的にCDを聴いたりするタイプではありませんでした。

それに当時はまだ尾崎が特にお気に入りだったわけでもありませんでした。

転機は父との別れです。

父は私が中学校2年生（13歳）の時に天国に旅立ちました。しばらくは辛くて、父との思い出を振り返る余裕はあまりありませんでしたが、高校生の頃になると動画サイトで尾崎豊の曲を試聴したり、ウォークマンに「I LOVE YOU」や「15の夜」、「卒業」や「Oh My Little Girl」などの有名曲を入れて聴いたりするようになりました。

父が彼のことが大好きだった気持ちがよく分かりました。力強さの中に優しさや儚さ、そして危うさというか脆《もろ》さも含まれた彼の歌声は、とても人間的で魅力的でした。

そして言葉の力に圧倒されました。歌詞がすごすぎるのです。確かに自分も一度は心の中で考えたことがあるような、そんな歌詞だ。でもこんなふうに言葉にして表現することができるなんて……。そう感じました。

「どこにでもいる、そしてどこにもいない、たったひとりの尾崎豊」というキャッチコピーがあります。尾崎の直筆ノートを書籍化した『NOTES　僕を知らない僕』の帯に書いてありました（書いたのは尾崎のプロデューサーの須藤章さん）。

まさにその通り。彼の思い描いた気持ちや葛藤は、きっと誰もが若い頃に思い浮かべた情熱。

でもそれを言葉にして楽曲に込めることができたのは〝尾崎豊〟だけ。私は彼の曲を聴いては打ちひしがれ、打ちのめされました。

前期の曲で好きなのは、「15の夜」や「Seven Teen's Map」、「卒業」などです。学校や大人、社会への反抗。矛盾だらけの社会の不条理に立ち向かう力強い歌詞と歌声はたまらなくかっこよかった。まるで自分の葛藤と言うか、もやもやした気持ちを吹っ飛ばすような「心の叫び」を聴いたようでした。

確かに「盗んだバイクで走り出す」とか「夜の校舎窓ガラス壊してまわった」などの過激な歌詞もありますが、後述するようにそれは歌詞での表現であり、何も過激な行為を実行しろという意味ではないと思います。

尾崎の代表的な曲は前期の「15の夜」と「I LOVE YOU」だと思いますが、私は後期の楽曲も大好きです。社会の不条理への反抗とそれに立ち向かうことを問うた前期の曲たちとは違い、後期は「償い」や「罪と罰」、そしてそれを踏まえたうえでの「再起」を思わせる曲が多いと思います。

私が特に気に入っているのは、「闇の告白」、「太陽の破片」、そして「路上のルール」です。

高校生の頃は後期の曲はあまり知らなかったのですが、大学生の頃にＣＤを買って聴くようになってからはむしろこちらの方が心に響くものがありました。

人は誰にでも悪いところはあるし、ムシャクシャして周りに八つ当たりすることもあるかも知れない。意図せず人を傷つけてしまうかも知れない。そして多くの人はそれを内心分かってはいても、自分のこととして向き合うのは辛いことです。

尾崎はそうした自分の中の悪というか、ネガティブな感情から目を背けませんでした。それは本当に勇気がある人にしかできないと思うし、それを楽曲にして多くの人たちへのメッセージにまで昇華した彼は非常に優れた表現者だと思います。

父との思い出のアーティストである尾崎豊は私の憧れであり、私の人生の導きとなる人物です。

尾崎裕哉との出会い

大学生になって尾崎豊の長男・裕哉さんを偶然テレビで見ました。父親と瓜二つの歌声。物心つく前の父親との別れ。亡き父への思い――。私はびっくりしました。尾崎に息子さんがいたのは知っていましたが、まさかこんなにそっくりだったとは。そして自分とたった一歳しか違わない年齢だったとは。

私も中学生の頃に父を亡くしたから、裕哉さんの気持ちが少しだけ分かります。亡き父への想いを胸に自分らしく行動している姿に心から憧れました。私は自分の一歳年上の裕哉さんに対して、尾崎豊の姿だけでなく、自分自身の姿も重ね合わせていたのかも知れません。

その当時の気持ちを「毎日新聞」の投書に書きました。

「I LOVE YOU」などのヒット曲で知られ、26歳でこの世を去った歌手、尾崎豊。生きていれば今年（2013年）でデビュー30周年だった。亡くなって20年以上経つが、数々の名曲は今も歌い継がれている。天国の父も彼が大好きだった。

しかし、過激な歌詞は度々批判される。最近は「独り善がり」と非難する若者も多い。だが、これは表面的な評価ではないか。尾崎はバイクを盗んだり、窓ガラスを割ったりすることを推奨しているわけではない。彼はおそらく「自分のスタイルを持て」と言いたかったのだろう。彼の歌は他人に流されるのではなく、自分の人生を生きろという強いメッセージなのだと思う。私は彼の歌に勇気をもらった。

尾崎の長男、裕哉さんをテレビで見た。歌声が父親そっくり。亡き父への思いを抱きながら、自分らしく行動していることに心から憧れた。私は尾崎親子と天国の父に報いるために、自分のスタイルで生きていきたい。他人に流されるのではなく、自分自身の人生を生きていきたい。


（２０１３・１・27「毎日新聞」、一部加筆修正）


奇しくもこの日は、私が尾崎と並んで敬愛するZARDの最大のヒット曲「負けないで」のリリース20周年でした。

この投書が載った後も、当然尾崎の曲はよく聴いていたし、裕哉さんがテレビに出る時は観ていました。２０１５年に参加したピースボートクルーズでは、「尾崎豊ファン集まれ」のような企画をしたり、カラオケで彼の歌を歌ったりしました。洋上紅白歌合戦で「15の夜」を歌ったのもよい思い出です。

紅白歌合戦の時、「15の夜」のパフォーマンスがきっかけで仲良くなったシャングリラという女性が私に大切なことを教えてくれたことを、第4章に書いています。彼はもうこの世にはいませんが、今でも私の人生に大きな影響を与えてくれています。

２０１６年3月9日、尾崎裕哉さんのライブを観に行きました。まさかあんなに早く会えるとは思ってもいませんでした。26歳。父親が亡くなった時と同じ年齢になった裕哉さんは、本格的に音楽活動を開始したのです。

この「WITH YOU / HIROYA OZAKI」大阪公演に、私は父の形見である時計を身に着けて向かいました。裕哉さんは、ここぞという場面で父親の形見である金のブレスレットとネックレスを身に着ける、と新聞のインタビューで言っていました。「父がいっしょにいる感じがして、安心するんです」という言葉の意味は私もよく分かります。

もちろんこの話を知らなかったとしても、私は父の形見の時計を着けて行ったと思います。しかしまた私と裕哉さんの共通点を見つけることができました。

ステージに登壇した彼の姿は「今どきの若者」といった雰囲気。

歌声は父親よりも優しい感じだけれども、歌声に力を込めた時に父親そっくりになっていました。何より、時折見せるはにかんだ表情が父親そっくりでした。例えば、「卒業」のライブでピアノ台から立ち上がるあのシーンのように。

前述の通り私も中学生の頃に父を亡くしたので、裕哉さんのことを自分なりに少しは分かるつもりです。私はクルーズが終わって日本に戻ってから、将来について思い悩んでいました。そんな中私は、自分の一歳年上の裕哉さんに対して、尾崎豊の姿だけでなく、自分自身の姿も重ね見たのです。

裕哉さんのステージを観て、将来について思い悩む気持ちは吹っ切れました。私は私のできることを、したいことをすればいいのです。そして彼は私と天国にいる尾崎豊さん、そして私の父に引き合わせてくれたのです。

「尾崎さん、ご子息はまっすぐに育っておいでですよ。父さん……俺、頑張るよ!」

この時の大阪での決意が、執筆活動の大きな原動力にもなりました。

私も父親からの影響は多く受けています。サッカーが好きなのも、世界の歴史や自然に興味を持っているのも、尾崎豊のファンなのも、みんな父親の影響です。そしてこれらの事柄は、私が新聞の投書やクルーズ中の自主企画で力を入れていたことなのです。

また2017年の2月27日には、裕哉さんの初の全国ツアーである「LET FREEDOM RING TOUR」が開催されました。最初のライブ地は福岡! 当然私も参加しました。

彼を生で見るのは約1年ぶりで2度目ですが、前と変わらずに若々しかったです。年齢は父親を超えていますが、見た目や声の感じが若い感じがするのは、やはり時代が違うからでしょうか。

歌声は前よりも尾崎豊っぽい感じになっていましたが、それは似せているのかそれともプロの歌手として歌声が収斂《しゅうれん》していったのか。

ライブでは豊の「卒業」と「僕がぼくであるために」を歌ってくれたのが嬉しかった。私が豊のライブ映像で一番好きなのは、「卒業」でピアノを弾いている彼が、歌詞の「この支配からの……」と歌ってお客さんに「卒業！」と歌詞を振るシーン。あの時の微笑みが大好きなのです。

裕哉さんが「皆さん多分知ってる曲だから、一緒に歌ってください！」と言ってくれたから、一緒に口ずさみました。父もまさか自分の息子が尾崎豊の息子と共に「卒業」を歌う日が来るとは思ってもいなかったことでしょう。

2016年３月９日，尾崎裕哉のライブ前に記念撮影を行う著者

CDデビューを控えていた裕哉さんは、そのCDの収録曲である「始まりの街」や「サムデイ・スマイル」、「27」なども披露しました。CD版の「始まりの街」は2016年からiTunes

で配信されていたものとは、また違ったバージョン。
「27」は、裕哉さんが今亡き父の年齢を超えたことを受けて誕生した自伝的楽曲。音楽番組「ミュージックステーション」でも披露した曲です。80年代のテイストを盛り込み、「僕がぼくであるために」という尾崎豊の歌詞を効果的に用いつつも、自分の人生に向き合う力強い曲です。

ライブやテレビの映像を観て、やはり彼はただの「尾崎豊の長男」というだけではない、「尾崎裕哉」という一人のアーティストなのだと改めて実感しました。

当然、彼のCD『LET FREEDOM RING HIROYA OZAKI』も買いました。音楽配信が主流となりCDは売れない時代だと言われています。しかしジャケットや歌詞カードなどのデザイン、撮られた写真の編集、収録曲の順番が織りなす作品としてのストーリー性……。そういったCDが持つ総合芸術としての価値は、音楽配信の時代にあっても忘れたくないと感じました。

偉大なアーティスト・尾崎豊の魂は今も多くの人の心の中に息づいている。そして裕哉さんは一人のアーティストとして新しいスタートを切りました。私もこの本を書きながら何度も尾崎親子に励まされました。

27歳。私も尾崎豊が亡くなった年齢を超えました。私の父が亡くなったのは私が13歳の時ですから、私の人生の中で父がいた時間といない時間が逆転する年齢でもあります。

私もこの本の出版をきっかけに、父から受け継いだ知性と情熱を胸にして、尾崎親子のような立派な表現者に近づきたいと思っています。僕がぼくであるために。

第4章　船の若者

船にはどんな若者が乗っているの？　共に地球一周した仲間たち

ピースボートクルーズに参加する人の年齢層は幅広いですが、特に多いのは65歳を過ぎて定年を迎えたシニア世代。次いで多いのが10代後半～20代の若者世代です。私も若者世代の一員として、２０１５年8月21日～12月６日の88回クルーズに参加し、23の寄港地を巡りました。

「船にはどんな若者が乗っているんだろう？」と私も思っていました。

将来に悩んで自分がいる環境を変えようと参加した人、戦争や平和について考えたい人、純粋に観光を楽しみたい人や友達を増やして思い出を作りたい人……。

クルーズに参加するモチベーションは人それぞれで、出身地や年齢が同じでも考え方や船での過ごし方は違っていました。

この章では、私が特に興味を持った若者たちについて書いていきたいと思います。

人のことを表面だけで評価・判断しない　シャングリラ

「人の言動を上辺だけで判断してはいけない」

それを改めて私に教えてくれたシャングリラとの出会いは、9月6日に開催された「洋上紅白歌合戦」の時でした。

シャングリラとは、同じピースボート88回クルーズに参加した女性のあだ名。彼女はすらっとしたスレンダー体型が特徴の美人さんで、クルーズでもひときわ目立つ存在でした。

ところで私はクルーズの前半に尾崎豊の曲を流す企画を行っていて、いろいろな人に「紅白に出ると良いんじゃない？」と声をかけてもらっていました。

私は音楽を聴くことは好きですが歌うことは苦手です。しかしノリと勢いで応募用紙を提出。なんとか選考テストに合格した私は白組のメンバーになりました。

歌合戦の会場はオーシャンドリーム号の7階・ブロードウェイ。ステージと観客席に分かれた船内で一番広い部屋です。「この大きな部屋で数百人を前に歌うのか……」とかなり緊張したことを覚えています。

ちなみにシャングリラは歌合戦の実行委員会をしていて、赤組・白組の歌い手の整列などの係をしていました。そして私は尾崎豊の「15の夜」を歌う白組の一員です。

歌合戦が始まる前、私はかなり緊張していてトイレに何度も行ったり、席を立って体を動かしたりしていました。どうやら私は、パフォーマンスが一度始まってしまえば堂々とできるのですが、始まる前は緊張に苛《さいな》まれるタイプの人間らしいのです。

そんな私を見てシャングリラは、「哲郎、はやく座ってよ」とか「あのさぁ……」と冷淡な言葉をかけていました。まあ実行委員会なのだから仕方のないことですが……。

歌合戦が始まっても緊張は解けず、ステージの近くの控え席に移動した段階でも私は震えていました。近くに座っていた紅組の二人組からも心配されたほどです。

しかしいざ自分の順番が来ると、私はステージに飛び上がって、「今夜は盛り上がっていこうぜー！」と大声でシャウト。その瞬間、緊張も何もかも吹っ飛びました。そして盗んだマイクで歌いだし(!?)、ステージから飛び降りて観客席を駆け回る圧巻のパフォーマンスを披露！

私は歌が上手いほうではありませんが、このパフォーマンスは人気を博しました。スタッフやレセプションの人たち、シニア世代や今まで話したことがない若者など、いろいろな人に私

2015年９月６日の「洋上紅白歌合戦」でトロフィーを手にする著者

のことを覚えてもらうきっかけになりました。「哲郎最高だわー！」、「昨日、一世を風靡《ふうび》したな！」、「一番目立っていました！」、「昨日、尾崎豊のパフォーマンス見ました！　素敵でした！」

たくさんの人に声をかけてもらい、歌合戦の日から少しの間、私はちょっとしたヒーローになっていました。

これがきっかけで仲良くなった人はたくさんいます。一部で私のあだ名が「尾崎」になったことも良い思い出です。

そして翌日の7日、事件は起きました。デッキを歩いていると、昨日つっけんどんな態度をとってきたあの細っこい女が、話しかけてきたのです。

女「テツロー！」

私「ん？」

女「かっこよかったよー！」

……はああああああああああああああぁぁぁぁぁぁぁぁぁぁ！？

俺が目立ってない時はつっけんどんな態度をとっておいて、みんなにチヤホヤされるようになったら、取り入ってくる⁉　なんだそりゃ！

私はこの一件以来、彼女のことがとても苦手になってしまいました。この日の日記にも克明に記されています。「（昨日の）女性に褒められたけど嬉しくない」と。

私は手のひら返しをする人はやはり嫌いです。それ以来、私は彼女に話しかけられても目を合わせようともせず、ずっと無視を決め込んでいました。手のひら返しをするくらいだから、あの女も何回か無視をすれば話しかけるのをやめるだろう、と思っていました。

でも、何度無視しても彼女は話しかけてきます。同じ船内で過ごしているし、部屋も近くだったから何度も会います。フリースペースや廊下ですれ違った時は、彼女は必ず私に声をかけてきました。

カラオケなどができる船内の「バイーア」というバーで私が友人と飲んでいた時に、仲間内で飲んでいたシャングリラが「あ、哲郎がいる」とわざとらしくこちらを見て話しかけてきたことも覚えています。

なぜ、何度無視されても話しかけてくるのか、私には分かりませんでした。でも次第に、「もしかしてつっけんどんな態度をとっていて翌日は取り入ってきたというのは、悪いタイミングが重なっただけで、彼女に悪気はなかったのかも知れない」と思い始めました。

私たち二人には共通の知り合いや友達も結構いて、「あの子はそんなに悪い子じゃないよ」という声も聞きました。

そして私も少しずつ話しかけられたら返すようになり、共通の友達を交えて食事をしたり、彼女を「シャングリラ」ときちんとあだ名で呼んだりするようになりました。


それから時間が経つにつれ、私のほうからも彼女に話しかけるようになっていき、クルーズの後半には普通に仲良くなっていました。

彼女は美人なのに気さくで話しやすくて、いろんな企画をして人を楽しませていました。そんな彼女と仲良くなれて嬉しい反面、自己嫌悪に苛まれるようにもなりました。

「理由があったこととは言え、俺はこんなに良い子を無視していたのか……」

「無視していたのに何事もなくこうして仲良くしているのって、なんか違うんじゃね？」

3カ月半のクルーズもいよいよ残り1カ月を切った11月17日、私は意を決し、彼女と話をすることにしました。バーのバイーアに呼び、「俺が最初の頃シャングリラのこと無視していたのを覚えている？」と問いかけると、彼女は「うん、初めの頃、テツロー冷たっ！って思ったよ」と返しました。

私は続けます。「なんでずっと無視していたのに、それでも声をかけてくれたの？」

シャングリラ「私は前に出ていろいろできる人好きだし」

私はこの言葉を聞いた瞬間、自分の心が大きく動かされたことを覚えています。

「シャングリラ、無視したりしてごめんね。俺と仲良くしてくれてありがとう」と謝罪と感謝の言葉を伝えると、彼女は「そういうところが好き！」と笑顔で応えてくれました。

この日以来、私たちはずっと仲の良い友達です。

人の言動を上辺だけでというか、その時の状況だけで判断してはいけないな、と改めて感じました。

私は必ずしもすべての人と仲良くしましょう、と言っているわけではありません。

世の中にはいろいろな人がいます。どうしても分かり合えない人だっているかも知れません。

でも、勘違いや誤解が重なることで、本当は仲良くなれる人との縁が切れてしまうことは勿体ないことだし、分かり合う望みは最後まで捨ててはいけないのではないでしょうか。

皆さんの中にも、なんとなく気まずくなっている人や苦手になってしまった人が学校や職場などにいるかもしれません。

きっかけがあったら、そんな人たちとも対話してみてはどうでしょうか。もしかしたらそれが、素晴らしい関係の始まりかもしれないのです。

苦手なことにチャレンジする　しま

ピースボートではクルーズごとに「船内新聞」が発行されています。船内のスケジュールが載っているブッカー面とイベントの情報や寄港地にまつわるエピソード、「人生航路」などが載っている通常紙面の2面刷り。

「人生航路」とは、クルーズに参加したパッセンジャー（乗客）の来歴や船で達成したいことなどを書いた紹介文のことです。

私は88クルーズでは新聞チームに所属していました。それほど新聞チームの仕事をすることはできませんでしたが、一度だけ人生行路を書いたことがあります。

それがこちらの「しま」の記事。

「18歳の時にモンゴル出身の友人の影響で海外に興味を持ち、いろんな国に友達をつくりたいと思いました」

そう語るのは、金髪が特徴的なしまさん。北海道で生まれ育った彼女は学生の頃から英語が大の苦手だったが、だからこそ話せるようになりたいと感じている。

今年の5月に体調が悪化。仕事を辞めて、88回クルーズも一度はキャンセルした。しかし88回クルーズに参加して地球一周をしたいという気持ちは捨てきれなかった。担当医と相談し、7月末には再び乗船が可能になった。

そんな彼女が船内で一番力を入れているのは、やはり英語。GET（英語習得のプログラム）を受講し、授業以外でも積極的に勉強している。寄港地では現地の人と必ず会話するようにしており、船内でも積極的にクルーに話しかけ、友達も増えたと嬉しそうに語ってくれた。

「いろんな国に友達をつくって、もっと英語を話せるようになりたいです」といきいきと語る彼女の夢は、きっとこれからも広がり続けていくのだろう。

（新聞局　矢野哲郎）

しまとの出会いも紅白歌合戦でした。私が白組で尾崎豊の曲を歌ったのに対し、彼女は赤組で華原朋美の曲を歌っていました。

ちょうど私が歌った次に彼女が歌う順番だったので、リハーサルと本番では隣の席で話していたのを覚えています。出身地や見た目の雰囲気は違いますが、同い年でお互いに尾崎豊が好きという共通点もあり、不思議と話が合いました。

自分のパフォーマンスを終えて息を切らしていた私は、席に倒れ込むように座りながら彼女の歌声を聴きました。

う…うまい！　さっきの私のパフォーマンスがばかばかしくなるくらいに…！

この日から私たちは仲良くなり、彼女まで私を「尾崎」というあだ名で呼ぶようになりました（笑）。

それから改めて気づいたのですが、しまはやはりクルー（乗組員）に積極的に声をかけていました（クルーの大半は外国人）。食事の時訪れるレストランや船内のバー「カサブランカ」で働いている人たちにどんどん英語で話しかけている様子は好印象。こうした何気ないことに、一人ひとりの個性やクルーズに参加したモチベーションが表れるんですね。

クルーズでは自分が目指したことを有言実行してすごいなと思いました。彼女はクルーズが終わってからも積極的に海外に行っています。

ちなみに私は彼女とは対照的に「日本人に英語はいらない」という企画を行っていました（!?）。英語を学ぶよりも先に、歴史などをしっかりと勉強して真の国際人になろう、という趣旨の企画です。

こんな企画を入れはしたものの、私もクルーと仲が悪かったわけではありません。レストランで食事が終わったあと紙ナプキンに「Thanks by Tecchan」と書いたり、バーの常連として何度も顔を出してクルーにも顔を覚えてもらったり、仲の良いクルーもたくさんいました。

私としまはCC（コミュニケーション・コーディネーターの略。通訳などの仕事を担当）の人たちとも仲良くしていました。

ちなみに私がクルーズで唯一覚えた英語が、「Thank you so much」です。初めはクルーに「Thank you」と言っていましたが、レストランでCCのアリサがそう言っているのを聞いて、「『Thank you so much』って言った方が感じいいな！　使おう！」と思って真似し始めたのです。24歳の男が地球一周して覚えたのが、こんな簡単なセンテンスとは……（笑）。

しまは私が企画した「金髪集まれ」にも来てくれました。私が何の前触れもなく金髪に髪を染めたのはただのギャグですが……（笑）。

この企画に来てくれたのは、しまとオカンの二人だけでした（笑）。オカンは「お母さん」ではなく、後述する児童労働の企画にも来ていた大阪ピーセンの女性です。彼女はクルーズの序盤、出会った人の名前をホワイトボードに書いてもらい、一緒に記念撮影をしていました。私ももちろん書きましたが、その数なんと２１８人！

しまとオカンの二人はクルーズの最初から金髪にしていて目立っていたし、何よりも似合っていました。

私の場合は……。染めたその日、船内のフリースペースを歩いていると、私を見つけたみんなが大笑いを始めました。うん、やっぱり出オチだったんだなぁ……。

いろいろな人と対話する　タクくん

紅白つながりで、また一人の若者を紹介したいと思います。司会をしていた大阪ピーセンのタクくんです。

パーマがトレードマークの男前で、朗らかな性格の彼もまたクルーズの人気者でした。

タクくんをはじめとする大阪ピーセンのみんなと仲良くなったのは、5月に大阪に遊びに行った時のことです。その時はポスター貼りの打ち上げがあり、みんなで一緒に大きなお好み焼きをつくったりしたのもよい思い出です。この時も彼は中心になって場を盛り上げていました。

タクくんが紅白の司会をした理由は、ずばり目立ちたかったから。

イベントなどで目立つには司会が手っ取り早いし、何よりも今まで司会などはやったことがないからチャレンジしよう！と意気込んで司会になったと言います。

彼は私が審査に合格して白組の一員になったことをとても喜んでくれました。本番前にも言葉を交わしましたが、やはりお互いに緊張もあったかもしれません。この時に声をかけ合い、お互いを気遣ったことで紅白への意気込みはより増したと思います。

フォローしてくれたことには本当に感謝しています。あの「15の夜」のパフォーマンスをできたのは、彼のおかげかも知れません。

そんなタクくんは企画の中で、学生時代から取り組んでいたバスケットボールの話や大阪にいるとても仲の良いおばあちゃんの話などをしていたのが印象的でした。

私もちょっとだけ参加した、「世代を超えて話す」という企画のことです。企画を立案した理由が、「せっかく同じクルーズに参加した若者とシニアが仲良くなれるきっかけを作りたかったから」というのは彼らしいと思います。

みんなの前で時には爽やかに、時には温かく自分の体験や考えを語っている姿に惹き込まれました。

若者・シニア世代が会場で円を囲み、対話する形でも企画をしていました。私も多くのシニア世代の人と歴史や戦争に関する話をしたり、企画の中で激論を交わしたりしましたが、まるで家族で暖炉を囲んで話すように言葉を交わしたことは新鮮でした。

後述するように私も、「僕らが船で学んだこと」というみんなで対話する企画を計画しました。それはタクくんの影響だと思います。

いろいろあって、私の企画は一人ひとりが話すタイプの企画になりました。しかしタクくんと企画の中であるいは日常の中でレストランやデッキで会話し、彼の話しやすい朗らかな人柄に触れたことで私もいろんな人と話したい！と考えるようになったのは確かです。

そしてその思いが、次章で書く「談論風発をしたい」に繋がることになるのです。

自分のスタイルを確立する　ヒョンちゃん

クルーズ中に話す機会は少なかったですが、印象に残っていた若者にヒョンちゃんがいます。彼女に初めて出会ったのは、クルーズの数カ月前に大阪近郊であったキャンプの時。その時言葉を交わしたのは一言二言でしたが、なぜか印象に残っていました。

再会したのは、シンガポールのツアーが終わって船内に帰る時です。昇降口に立っていた彼女の姿をよく覚えています。

　事情があってシンガポールでクルーズに合流することになっていました。その日レセプションにいた彼女に話しかけると、彼女も私のことを覚えていてくれたようでした。

　私は当初、彼女がどんな子か知りませんでしたが、クルーズではダンスの企画を積極的に取り組んでいたことをよく覚えています。

　自主企画の発表会でも見たマイケル・ジャクソンの「Beat It」のダンスや、少女時代の「Gee」、「MR. TAXI」、「BAD GIRL」のPV完コピ。そしてフラダンスの「虹を」、「花は咲く」などダンスに関する企画を行っていました。

　私はダンスをしたことなんてなく、彼女の企画もクルーズの中盤に行われた自主企画の「真ん中発表会」でしかしっかりと観る機会はありませんでした。

　しかし、彼女が夜遅くまでダンスの練習をしていたことをよく覚えています。それに「船内新聞」のブッカー欄にはいつも彼女の企画が載っていました。毎日のように企画を出していたのは、私も同じです。

　ただダンスを覚えるだけではなく、集まった人たちのポジションを取り決めていったり、イベントや発表会で披露するダンスを決めて練習を積んでいったり。

自主企画のダンスチーム

もちろん「イベントには出るつもりはないけど、練習には参加したい」という人もたくさんいました。そういった人たちにも門戸を開いて一緒に練習をしていました。

船で生活している中で「ヒョンちゃんの企画良いよね」という声をたくさん聞きました。それは彼女の真摯な姿勢が評価されていただけではなく、参加しやすい雰囲気をつくるように彼女がしっかりと気配りをしていたからこそ、みんな彼女の企画を高く評価していたのだと思います。

私も企画を行う際は年齢や立場、主義主張を超えていろんな人たちと対話しようと心がけていました。私が彼女にシンパシー（共感）を感じていたのは、単にたくさん自主企画をしていたからというだけではありません。「垣根を越えていろんな人と接したい」という気持ちを、私たちが持っていたからだと思います。

またヒョンちゃんは、ハングル講座や在日コリアンについて語り合う企画やチョゴリ貸し出し&撮影コーナーの企画も行っていました。

私も福岡県に暮らしていますし、大学生の頃に仲が良かった韓国人の留学生もいます。しかし「在日コリアン」という枠組みで議題を考えたことはそれほどありませんでした。ヒョンちゃんも他の在日コリアンのスタッフの方たちと共に大勢の前で話をしていましたがもしかしたらそれはすごく勇気のいることだったかも知れません。

私も安保法案に関する企画など、ピースボートとは流れの違う企画を船の中で行っていました。自身が周囲とは違うことを明確にするという点では似ています。だから彼女の気持ちも少し分かる気がするのです。

自分と違う考え方や行動をしているというだけで、相手を表面的に差別したりされたりするなんて、本当に馬鹿馬鹿しいことです。むしろそんな人たちとこそ、お互いを尊重しながら対話することが大切ではないでしょうか。

自分とは違う考え方や生き方の人と接すること。自分のスタイルを貫くこと。

この二つは必ずしも矛盾せず、両立することができます。

この二つの姿勢が合わさった時、人はとっても輝くことができる。

私はヒョンちゃんと一緒のクルーズに参加して、彼女と同じようにたくさんの人と対話してそう確信しました。もしあなたが「本当はみんなとは違う意見を持っているんだけど」と思っていたとしても、何も恐れる必要はありません。
あなたもきっと輝けるはずです。

主体的に学ぶ　丈

私は、クルーズ中に歴史や政治の話をする時は、主にシニア世代の方たちと話をしていました。しかしもちろん、企画に来てくれた人やスタッフの人などの若い人たちとも歴史の話をする機会は何度もありました。

特筆したいのはANZACについて教えてくれたCC（通訳などの仕事をする役職）の丈です。丈はオーストラリア出身のお父様と日本出身のお母様を持ち、9歳の時からラグビーを続けている行動力溢れる若者。クルーズ中はCCの仕事だけでなくNHKの「映像の世紀」シリーズを基にした企画なども積極的に行っていました。数少ない歴史に興味を持つ若者同士であり、同じ福岡出身ということもあって、気の合う仲間の一人です。

クシャダスを出港した後、ANZACデーがオーストラリアの人々にとって大切な記念日であることを彼に教えてもらいました。この日、熱い話を交わしたことは記憶に強く残り、日本に戻ってからの執筆活動にも多くの影響を与えてくれています。

例えば、私は帰国後の3月にニュージーランドの国旗変更をめぐる国民投票について「読売新聞」の記事で読みました。この記事ではガリポリの戦いにおいて、ニュージーランドの国民が現国旗のもとに集って戦った歴史的背景が記されていました。後の投票の結果、従来の国旗が継続することに決まりました。

この一連のニュースを見て、当然ANZACのことを思い出しました。

また参考文献の中にも挙げている『第一次世界大戦史』も3月に発行され、書店で手に取ってすぐに買いました。

丈の送別会（2016年11月）

これらの記事と本を読んで「産経新聞」への投書を書きましたが、その根底には丈との対話があったのです。丈と話して改めて感じました。人間にとって大切なのは、どこに行くかやどこにいるかという表面的なことではない。何を考え、何を行うかという内面的なことだと。

私は2017年1月から、ヒューマンアカデミー北九州校の日本語教師の養成講座に通い始めました。資格取得のため、本腰を入れて勉強を始めるためです。資格を取得すれば、日本語学校などで日本語を母語としない学習者の人々に教えることができるようになります。

日本語教師になろうと決心したのは、転職活動の一環です。ブラインドサッカーをしていたこともあり、2020年の東京オリンピック・パラリンピックを見据えたことでもあります。

しかしやはり、丈たちCCの仕事をしていたみんなの影響があったのは間違いないでしょう。「日本人に英語はいらない」の企画の時に、ドイツで日本語教師をしていたというシニアさんの話を聞いたことも勉強になりました。

私は塾講師の仕事をしていましたし、クルーズ中はたくさんプレゼン形式の企画をしていました。誰かに何かを教えることは前から好きで、自分でも天職だと思っています。

それに、船内でクルーと仲良くなったことや、寄港地で素晴らしい出会いがあったことで、「やっぱりたくさんの国の人と対話することは楽しい！」と思うようになりました。

でも、私は丈のように英語が得意ではありません。今から勉強を始めてもいいのですが、それでも彼と同じくらい得意になるにはかなりの時間や労力を必要とするでしょう。

しかし新聞に投書したり、現代文の講師をしたり、日本語にはちょっと自信があります。だから私は、丈とはまた違った方向性で言語を通して海外の方たちと触れ合うことを考えました。日本語教師の資格の勉強は、それこそこの本の執筆と並行してやっています。決して楽なことではありませんが、自分なりに新しい目標ができたことで日々に張り合いを感じています。いつか丈と一緒に講演や通訳などの仕事をできることを楽しみにしています。

船の若者から見た私の印象は？　さな

ここでは、私と同年代の名古屋ピーセンの女の子「さな」が書いてくれた私の印象についての文章を紹介したいと思います。


船では安保法案についての議論がたくさんある中、若者では唯一、船の中では少数派の賛成派の意見を声を大にして主張している子がいた。まずここで目立ってる！

尾崎豊のカラオケ熱唱と金髪でも目立ってる！

なんやこの子、めっちゃ面白そーっていう印象!!

自分も含め、若者の大半はまず賛成・反対の意見すらない、分かっていない、関心がない子が多かった。でもてっちゃんはしっかり日本や世界の歴史を勉強していて知識があって、賛成・反対、自分はどっちか立場をはっきりさせた上で対話していたり、自主企画を入れたりしていたから先駆者的な存在でした！

安保法案の概要や、その裏に隠された意味、メリット・デメリットなんかも何も知らなかったから、てっちゃんに聞いたら、聞いた分だけ詳しく、更に分かりやすく例え話も交えながら説明してくれて賢くて親切でええ人やわ～（神ってる）って思った！

のちのち聞いたら塾講師！

こりゃええ先生やわっていうね！

私は自分のものさしで、ちょっと変わってる人、メジャーよりマイナーな人、人と違うことしとる人が大好きなんやけど、そんな私の好奇心を動かす人物がてっちゃんです！

そんな感じかな！

こんなに褒めてもらって嬉しいというか、少し気恥ずかしいですね（笑）。

さなとは、クルーズの序盤にあった20代の若者が一緒に飲みに行く企画で初めて出会いました。親しみやすい空気の彼女とはすぐに打ち解けることができたと思います。

ふわっとした雰囲気の彼女は一見して歴史や政治などに興味を持ってない感じでしたが、私がクルーズの流れに逆らって入れた安保法案の企画に来てくれました。若者（それもクルーズが始まった後に知り合った人）がこの企画に来てくれて、すごく嬉しかったのをよく覚えています。

後述する「人種差別と大東亜戦争」の企画の準備をしている時にも、一緒に話をしました。さなが企画の準備段階でいろいろ質問してくれたからこそ、それに答えながらパワーポイントのブラッシュアップができたと思います。

そんなさなとは、面白い思い出があります。

それはクルーズの終盤、私がデッキを歩いていた時でした。シャングリラと一緒にいたさなが私に話しかけてきて……。

さな「てっちゃーん、住所教えて！」

俺「え、ジュース奢って？」

さな「まあ奢ってくれてもいいけど」

俺「ボーン（A）」

さな「ボーン（A）」

「住所教えて」の聞き間違えに乗っかって、「奢ってくれてもいいけど」って……笑。

そんなお茶目な彼女と時には楽しく、時には真面目に話をしたこともすごくよい思い出です。

僕らが船で学んだこと

クルーズの終盤、私は注目していた3人の若者と一緒に企画をしました。メンバーは同じ福岡ピーセンの羽生、ゴスペルや児童養護の企画を行っていたチック、GS（グローバルスクール）生のハヤトです。

私はクルーズ中に誰かと一緒に企画をすることはあまりありませんでした。自分で考えて行動することが主だったのです。

でもやっぱり、「友人と一緒に企画をすることで学ぶことがあるはず」、「一人で行動する時とは違う結果が得られるはず」と考え、何人かの若者に声をかけました。

クルーズ終盤にはスタッフが行う企画や説明会などはありますが、自主企画はありません。そのためこの「僕らが船で学んだこと」は自主企画ではなく、ピースボート企画として実施しました。

大阪のタククんや私が注目していた地球大学の女性にも声をかけましたが、予定などを考慮してメンバーは前述の3名に私を合わせた4名に内定しました。

なぜ船に乗るのか　羽生

羽生は前述のように同じ福岡ピーセン出身の友人です。フィギュアスケートの羽生結弦選手にちなんだあだ名。彼は羽生選手そっくりなイケメンなのです。ピーセンに通っていた時期も同じくらいで年齢も近く、同じく塾の仕事もしていたなど共通点が多いです。

彼が福岡ピーセンに通っていた時は、先に出港する86・87クルーズのメンバーの送別会の準備をしたり、新しくピーセンに通い始めた人たちと対話したりすることに力を入れていました。私も一緒に準備をする中で、彼の有能ぶりには一目置いていました。

88クルーズでも漠然と一緒に企画をしたいとは思っていましたが、なかなかその機会はありませんでした。しかし彼は決して消極的だったわけではなく、紅白の時はユニットを組んで私と同じく白組で出場し、クルーズの後半には大規模企画の演劇・コモンビートに参加したりもしていました。

また普段は「映像チーム」の一員として企画の映像の準備をしたり、クルーズ中に誕生日を迎える友人のバースデーメッセージを集めた映像を作成・編集したりするなど活躍していました。

そういえば一緒に企画をしたことがないこともありません。

羽生はピースボート企画の「ＰＢタックル」の実行委員の一員です。この企画はスタッフのノリさんの原案で、私も初期構想から関わっていました。何人かに声をかけて羽生も実行委員に誘いました。この時は一緒に発言内容を練ったり、本番では発言する参加者にマイクを渡す係をしたりなど縁の下の力持ちをして企画を支えてくれました。

しかし私は、やっぱり羽生自身の考え方や行動理念などを本人の口から聞きたいと思い、「僕らが船で学んだこと」の企画にも誘うことにしました。彼はそれを快く引き受けてくれました。

クルーズに参加した動機を聞くと、地元で出会った人物に影響を受けたとのこと。

88クルーズ出港の約1年前に生まれ故郷の長崎県で、畑を開拓したりカフェをつくったりした面白い人物と出会います。

そしてその方が行う農業体験などのイベントに参加していく中で、何人かの過去乗船者に知り合ったとのこと。そしてクルーズが始まる前は少しの間、過去乗船者が代表をしている長崎県の茂木町のゲストハウスで働いていました。

なんとなく説明会やピーセンに顔を出し始めた私と違い、具体的で結構インパクトのある参加動機の話でした（笑）。

その長崎での経験があったからこそ、福岡ピーセンでも中心的な役割を果たすことができたのでしょう。

彼は88クルーズが終わってからは、また以前働いていたゲストハウスでスタッフをしていました。併設されているカフェの店長を務めていました。

仕事内容はカフェに留まらず、予約管理や広告宣伝、経理などゲストハウス全般のことに及びます。

私もクルーズ出港から約1年後に長崎を訪れた際、そのゲストハウスに行きました。

長崎市からバスで20分ほど。漁港と美しい自然が特徴的な茂木町の中でも、海を一望できる素晴らしい場所にこの「ゲストハウス　ぶらぶら」はありました。

正直この時は羽生も仕事が忙しそうでそれほど話せたわけではありませんが、本来は大人の男とはそういうものだと思います。お互いが自分の道を歩んでいれば、交わす言葉は短くても分かり合える。対話することも大切ですが、何より大切なのは行動することなのです。

発信者であるということ　チック

チックと初めて会ったのは3月の福岡でした。

彼女はクルーズ開始前に、自分が所属する東京ピーセンだけではなく、札幌から福岡まで当時あったすべてのピーセンに顔を出すなど活動的な女性でした。チックが福岡に来た時には、羽生たち福岡の87・88クルーズのメンバーと共に彼女や大阪・東京から来ていたスタッフたちの歓迎会を催したのをよく覚えています。

次に会ったのは、私が5月に東京に行った時です。

この時は東京ピーセンで世界の子供たちの教育に関する勉強会があって、一緒に討論しました。私も塾講師の仕事をしていましたから、児童養護について関心が高い彼女と話すことはかなり参考になりました。この時に受けた刺激が、後に一緒に企画をしようと持ちかけた大きな要因であることは言うまでもありません。

実際にクルーズでも児童養護に関する企画を何回か行っていて、有言実行を好む私にとっても最注目のパッセンジャーでした。

それだけではなく、ゴスペルの企画を行っていたのもチックです。ヒョンちゃんのダンスとチックのゴスペルの企画は、自主企画発表会の中でも特に記憶に残っています。

「僕らが船で学んだこと」の中で将来の展望を語っていた彼女は、やはり有言実行で2016年から数カ月の間、カナダにワーキングホリデーに行っていました。英語を身につけるためです（！）。英語はこれから何をするにしても役立つし、自分の可能性の幅を広げることができると考えてのこと。

ちなみにワーホリだけではなく、社会福祉士の資格取得のための勉強も並行して行っています。私が英語ではなく日本語教師の勉強を始めたのとは対照的ですが、「自分の可能性を広げる」という行動理念は同じですね。

私たちは考え方や行動方針は違いますが、もしかしたら根底にある姿勢は似通っているのかも知れません。

また彼女は、社会福祉の一環として、児童養護についての発信もしています。

ここでいう児童養護とは、虐待などの事情により親と一緒に暮らせない児童を社会全体で守ることを指します。ブログの作成、勉強会などでの発題を通して発信を続ける彼女。今は、一般社団法人「Masterpiece」の代表として活動をしています。2018年現在行っていることは、例えば児童養護施設などの出身者の声や要望をまとめた冊子の作成やクラウドファンディングなどです。このように彼女は、きちんと社会に発信できる存在です。

私も下船後、いろんなイベントや講演会に参加しました。その経験を活かすためにも私は彼女を見習って、またクルーズ中のように発信者として活躍したいと思います。チックは私の指針となる人の一人なのです。

グローバルスクール　ハヤト

ハヤトは88クルーズ時に大学生だった女の子です。「ハヤト」というあだ名は土方歳三の偽名・内藤隼人が由来ですが、彼女自身はとても小柄な女の子でした。

海外や語学に興味を持った理由は、高校3年生の頃に家族旅行でドイツとオーストリアに行ったことだと語っていました。

その後、ピースボートのポスターを見たことがきっかけで大宮のピースボートセンターに通い始め、大宮ピーセンが好きになったという彼女。

88クルーズではGSの一員として、いろいろな人と対話していました。

そもそもGS（グローバルスクール）とは何なのか、ここで改めて紹介します。

これは洋上フリースクールのことで、いわゆる「不登校」、「引きこもり」、「ニート」、「コミュニケーションが苦手」、「生きづらい」といった生活を送る人たちが取得するプログラムのことです。

「ヒトと同じ」であることが求められる日本社会から、「ヒトは違っていて当たり前」の地球社会へ飛び出すことをコンセプトにしていて、必ずしも不登校から毎日学校に通うことなどを目的にしているわけではありません。

私は仲が良かったGS生がたくさんいます。彼らと一緒に寄港地を周ったり、ブラインドサッカーをしたり。廊下で海を眺めながら将棋をしたり、バイーアでカラオケを一緒に楽しんだり……。彼らと過ごした時間は楽しくクルーズの中で大切な思い出の一つです。

そんなGSの一員であるハヤトは、水先案内人の企画にもどんどん参加。メモもしっかり取り、質問も積極的に行っていく中で、特に印象に残ったのは川上さんとヤスナさんだったそうです。

そうした中で水先案内人の方たちから学ぶことや刺激を受けたことがあったのか、彼女も羽生と同じくPBタックルに運営側として参加してくれました。憲法をテーマにした3回目への参加。彼女は護憲派の登壇者として、憲法と法律を合わせて考えた報告をしました。

私も初回に引き続き3回目のPBタックルに改憲派の登壇者として参加。この3回目のPBタックルの準備の時、立場は逆ながらいろいろと対話したことがきっかけで私たちは仲良くなりました。

「僕らが船で学んだこと」にハヤトを誘ったのは、クルーズ中に積極的に役割を果たそうと頑張っていた彼女の姿が印象的だったからです。

最後の寄港地であるアピアの出港式では、GSに関するスピーチを行っていました。ちょうど「僕らが船で学んだこと」のメンバーを探していた時期にスピーチを聴いたので、すぐに声をかけました。

企画の中では、おおまかな来歴や船での過ごし方などを話していました。

横浜大桟橋に帰港した日、列から少し離れる時に「てっちゃんちょっと荷物見てて」と声をかけられたので荷物を見ていたのも、今となっては懐かしい思い出です。

クルーズ後は大学に復学し、クルーズ中に初めて知った性的少数者の研究をゼミで行っていたそうです。

2016年には編入入学を目指して受験勉強を開始。ずっと勉強を続けていた彼女は、見事に第一志望の法政大学社会学部への編入試験に合格しました。

3人の仲間たちのおかげで企画は素晴らしいものになったと思います。

一つ反省点があるとすれば、あくまで一人ひとりがスピーチする形になったことでしょうか。当初の予定通りに4名で対話する企画だったなら、話がいろんな方向に広がったり、新しい意見が生まれたりして楽しかったことでしょう。

またあの4人で、もしくは何人かの仲間たちと共に語り合いたいものです。いろいろな人と入り乱れて対話することは、新たな感性が磨かれたりして楽しく幸せな気持ちになります。


いかがだったでしょうか。私と共に88クルーズを駆け抜けていった仲間たちの旅路。

私もクルーズに参加していろいろありましたが、仲間たちとの素晴らしい思い出と経験はかけがえのない心の財産になりました。

いろいろありましたが、私はピースボート88回クルーズに参加できて良かったです。

【コラム】ANZAC

1915年4月25日、オーストラリア・ニュージーランドの連合軍であるANZAC軍がイギリス軍など連合国軍と共にガリポリに上陸。オスマン帝国(現トルコ)と激闘を繰り広げた。戦史に残る「ガリポリの戦い」である。

戦いは短期決戦が予想されたが、実際には8カ月に及んだ。そんな中、戦場にある一幕が生まれた。5月24日、塹壕(兵士が隠れたり移動するために掘られた溝)に放置された戦死者を埋葬するために、一時的に休戦がなされる。

その時、ANZAC側とオスマン帝国側の兵士が交流する一幕が生まれたのだ。そこには、命を懸けて戦うもの同士の奇妙な一体感があったのかもしれない。

これはドイツ兵とイギリス兵たちの間で交流が行われたクリスマス休戦に似ているが、宗教も人種も異なる者同士の交流であることは特筆すべきであろう。

この戦いは図らずも、オーストラリアやニュージーランドの人々に国民意識を芽生えさせた。「自分たちはイギリス人ではない。この国の国民なのだ」と。

ガリポリの戦いはオスマン帝国との戦いというだけではなく、ある意味で対英独立戦争だったと言えるだろう。

１００年後。
美しい南十字星と三日月が共になびく。
永遠の平和を誓いあうように。

左から順に，トルコ，ニュージーランド，オーストラリアの国旗

第5章　談論風発をしたい

談論風発とは？

談論風発をしたい！と無性に思うことがよくあります。

辞書を引いてみると「談論風発」とは、「談話や議論が活発に行われること」（『デジタル大辞泉』）、「盛んに語り論ずること」（『新明解四字熟語辞典』）とあります。

前述した通り、「僕らが船で学んだこと」は4人が一人ひとり個人で話す形の企画になりました。でもやっぱり、4人でフリートークの形で話をしたらもっと意外な展開や新しい発見があって面白かったんじゃないかなあ、と思うのです。

「それとこれって似ているよね」、「私ならこうする」、「そうなる前にこうなったりして！」というふうに気の合う仲間同士で話すことは内容に関わらず楽しいことです。

一人で大勢の前で発表をするのではなく、一対一の対話でもなく、複数人で話すことで何かが生まれることを先人たちは知っていたようです。「三人寄れば文殊の知恵」ということわざがあるのがよい証拠です。

『思考の整理学』で有名な外山滋比古さんはこういった入り乱れた談論風発を、「乱談」と表現。２０００年に著した『乱談のセレンディピティ』のタイトルにも採用しています。

ちなみにセレンディピティ（serendipity）とは、素敵な偶然に出会ったり、予想外のものを発見したりすること。あるいは何かを探している時に、探しているものとはまた別の価値があるものを偶然見つけることを指します。ふとした偶然がきっかけになり、新しい発見や思わぬ幸運をつかみ取ることですね。

私が後述する「自分ノート」を毎日欠かさずに書いているのは、日々の生活の中からセレンディピティを起こすためでもあります。

コーヒーハウスで激論を

さて談論風発（乱談）に関しては、「コーヒーハウス」という存在が興味深かったため、簡単ですがその説明をしていきたいと思います。

かつて多くの人が激論を交わした「コーヒーハウス」の存在を背景に、談論風発の面白さや世の中に与える影響の大きさを感じ取ってもらえたら幸いです。

近世のイギリスには、たくさんのコーヒーハウスという喫茶店の原型になった場所がありました。イギリスといえば紅茶というイメージが強いですが、イギリスでお茶を飲む習慣が広がったのは、インドを植民地にしたりインド・中国と三角貿易をしたりするようになってからです（それまではココアやコーヒーが主流でした）。

イギリスでココアが飲まれるようになったのは、ジェームズ一世、チャールズ二世の絶対王政が清教徒（ピューリタン）革命で倒された時代のことです。

1642年に起きたピューリタン革命では、オリバー・クロムウェルが鉄騎隊を率いて活躍。1649年に国王を処刑し、護国卿として実権を握ります。クロムウェルの時代、イギリスは航海法を出し、海外貿易を活性化させました。いわゆる重商主義です。

1650年代後半には、植民地になったジャマイカからカカオが輸入されるなど洋の東西を問わず様々な物資がイギリスに流入しましたが、その一つにコーヒーが挙げられます。

そんな中、勃興したのがコーヒーハウスでした。

1650年にユダヤ人のジェイコブがオックスフォードでオープンしたコーヒーハウスが、イギリスで最初のものだと言われています。1652年にはロンドンにもできました。

このコーヒーハウスでは身分を超えて人々が集まり、株や文学、政治について談論風発を交わすようになっていきます。

さて1658年、護国卿のクロムウェルが亡くなります。彼の時代に国民はピューリタン的道徳が強制されました。それは演劇や音楽は禁止。祭りもダメで飲酒も許されないといった、清廉というにはあまりにも抑圧的な道徳の押しつけでした。

国民はもううんざりしており、クロムウェルの死後、しばしの無政府状態を経てチャールズ二世が即位します。彼は革命で処刑されたチャールズ一世の子でフランスに亡命しており、1660年に国王として迎え入れられたのです。

チャールズ二世はポルトガル王室から妃を迎えます。妃のキャサリンがポルトガルから持参したものは、ひとかたまりのお茶、そして船七隻分の砂糖などでした。砂糖はポルトガルの植民地であるブラジルで生産されたものです。

キャサリンは優美な茶器や東洋の磁器も持参し、お茶を愛飲しました。王室を真似てお茶を飲む習慣が上流階級に広がっていくのですが、それが中流階級や庶民に浸透するのはまだ先のことです。

ポルトガルのリスボンには、「新世界」からもたらされた様々な文物がありましたが、中南米からカカオも入荷されていました。ポルトガル宮廷にはココア担当官の職が設けられたほどで、キャサリン妃もココアを飲んだ経験があったのでしょう。チャールズ二世も薬としてカカオを飲むようになりました。

王族だけではなく、裕福なジェントリ層や市民層にもココアを飲む習慣は広がっていきます。先ほど書いた通り、クロムウェル時代はピューリタン的な押さえつけがあまりにも厳しい時代でした。その反動で、富裕層に娯楽や嗜好品を愛でる空気が広がっていきます。目新しく珍しいものが富裕層の生活に取り入れられ、ココアあるいはココア同様に新しくイギリスにもたらされたコーヒーを飲む習慣が広がっていきました。

当時のコーヒーハウスの様子

そうした中、コーヒーハウスは都市部で大流行し、18世紀前半にはロンドンだけで数千件のコーヒーハウスがありました。

一度コーヒーハウスの中に入ると、身分や職業を超えてみんなが平等な雰囲気で議論する。それこそ談論風発するわけです。そういった中から、自然と政治的な空間が生まれたのです。

自然な集まり、自発的な集まりですからそこには義務やメンバーの判断基準のようなしがらみはほとんどありません。不特定多数の集まりから、自然と何かしらの流れを持った集団が生まれるわけです。

その中でいろんな話をするうちに、「今の世の中なってってねぇ！」と熱く激論を交わすようになり、彼らの間で結束が生まれてくる。ここで様々なクリエイティブな会話が生まれたり、陰謀が張り巡らされたりするのです。

実は保険会社の原点もコーヒーハウスにあります。保険業で有名なロイズ社はコーヒーハウス「ロイズ」が元になっているからです。17世紀後半に「ロイズ」の経営者だったエドワード・ロイドは、船舶の入港時期や船荷の入荷時期などの記録をリストアップし、常連客に配布することを始めました。それを受けて、船主や商業関係者、海上保険を売る業者がこの「ロイズ」に集まるようになり、それがのちのロイズ保険に繋がっていくのです。また、イギリスの二大政党制の起原とされるホイッグ党（自由党）とトーリー党（保守党）も、それぞれの拠点となるコーヒーハウスで集会を行うことがよくあったようです。多くの新聞社がコーヒーハウスと契約してカウンターに新聞を置いてもらうことで読者層を開拓し、発行部数を伸ばしていきました。コーヒーハウスは、コーヒー一杯のお金を払えば、誰とでも意見をぶつけ合い、何でも学ぶことができる場所だったのです。

このように、コーヒーハウスはジェントリ層・市民層が政治的、経済的に台頭してきたことの象徴とも言える存在でした。コーヒーハウスは、「市民社会のゆりかご」としての役割を果たしたのです。

だとすれば現代社会に生きる私たちも、より談論風発を心掛けることでより良い社会に一歩近づけるのかも知れません。

私たちも談論風発を

日本にも似た事例はあります。それは例えば京都大学の学者たちが専門を超えてお酒の席に着く習慣のことです。

日本で初めてノーベル賞を受賞したのは湯川秀樹博士で、物理学賞を受賞しました。その後も現在に至るまで、京都大学はノーベル賞受賞者の輩出日本一です。

東京大学よりも多くのノーベル賞受賞者を輩出する理由は、ロンドンのコーヒーハウスと同じように専門の違う人たちが談論風発していることも大きく関与しているのではないでしょうか。

文科系、理学・医学系の先生方が飲み屋で専門分野という垣根を超えて、自分とは異なる知の対話を行う。かつてのコーヒーハウスでは多くの場合、アルコールは禁止されていました。

それが治安維持に貢献していたことは否定できませんが、アルコールが人々を大胆にさせて、話を弾ませる力を持つ力を侮ることもできないでしょう。

自分の専門に偏るのではなく、いろいろなタイプの人と幅広い内容で話をする。それは自分の可能性を広げ、新しい発見があると思います。

私も、ピースボート88回クルーズでは、年齢や立場、主義主張を超えていろいろな方と対話していました。物事にはいろいろな側面があります。また何かを追求する時も、多面的なアプローチがあります。自分や自分に近い考え方の人だけでなく、多くの人と談論風発する時間は、そういったことを再確認できる素晴らしい時間です。何よりもとても楽しいことだと思うのです。

先述した日本語教師の養成講座では、授業の中で他の受講生の皆さんと例文を比較し合ったり、意見交換を行ったりもします。受講生の年齢や出身地は多様で、若者言葉や方言を比較することももちろん楽しいですし、例文もそれぞれ違いがあって新たな学びにもなります。

また福岡のピースボートセンターでは、「旅Like!」というイベントが毎月開催されています。旅好きの人が福岡ピーセンに集まって交流するという趣旨で、一緒に食事をしたり、ミニゲームをしたりしています。私もたまに出席しているので、皆さんもぜひ参加していただくと嬉しいです。

第6章　人種差別と大東亜戦争

I　冒険という名の侵略と差別

自主企画「人種差別と大東亜戦争」

俺の役目は終わった……。

「人種差別と大東亜戦争」の企画を終えて、来場して下さった皆さんの拍手を浴びながら私はそう感じていました。

私はクルーズ中盤の10月17日から終盤の11月29日まで、岩田温先生の『人種差別から読み解く大東亜戦争』を主要な参考文献として人種差別に関する企画を行っていました。数ある大東亜戦争（太平洋戦争）や第二次世界大戦に関する本の中でも、斬新な切り口で論を展開していった名著です。

私がこの本に出合ったのは偶然でした。しかし自分の運命を変える一冊となりました。なぜかというと、クルーズにおいて行われていた企画内容があまり

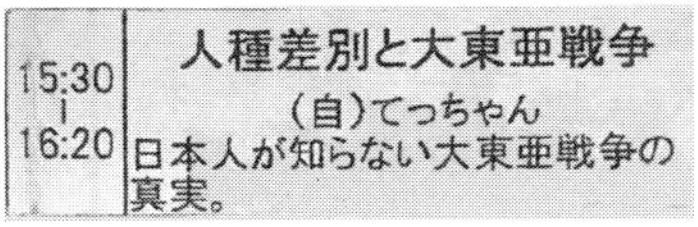
15:30
|
16:20
人種差別と大東亜戦争
(自)てっちゃん
日本人が知らない大東亜戦争の真実。

自主企画・「人種差別と大東亜戦争」

に偏っていたために、この本を参考文献として、ピースボートや水先案内人の方の企画ではあまり触れられない側面を私が企画で発表することになったからです。

私が「人種差別と大東亜戦争」の企画を行っていたのは、人々が行き交うフリースペースの8階・アゴラ。スライドショーを用いたプレゼン形式で企画を進めていました。

『人種差別から読み解く大東亜戦争』をはじめ、いくつもの参考文献を読み漁り、また実際に寄港地を訪れて学んだことや船で出会った方々と対話して学んだこと・考えたことも企画に反映していきました。

この企画を通して年齢や立場、主義主張を超えて対話し、時には激論を交わしたことを生涯私は忘れることはないでしょう。

この章では私の企画「人種差別と大東亜戦争」と帰国後に学んだことを交えて、世界で起きた人種差別の歴史とそこからつながる大東亜戦争への道のりについて、簡単ではありますが書いていきたいと思います。

興味を持たれた方、もっと勉強したいと考えた方は『人種差別から読み解く大東亜戦争』をはじめとする参考文献を読んだり、実際に世界を見て回ったりしてもっと勉強していただければ嬉しく思います。

また、人種差別というテーマを題材にするにあたり残酷な描写や差別的な表現が出てきます。しかしながら人類の犯してきた過ちに目をそらさず、決して同じ過ちを繰り返さないために、どうかその点はご理解いただきたいと思います。

人類のルーツ

この地球上の至る所で暮らしを営む私たち現生人類は、人類の中でも「ホモ・サピエンス」と呼ばれる種です。今は絶滅したネアンデルタール人などの旧人類もこれに含めます。

現生人類はみなアフリカにルーツを持っているようです。そして私たちの運命を変える事件は5万年前に起こりました。「出アフリカ」です。

当時の地球は、寒く乾燥していました。私たちの祖先たちは飢えていて、一説には人口が1万人以下に激減したともいわれます。そんな折、ある一団が母なるアフリカ大陸を離れることを決行したのです。

この旅は世代を超えて続き、西アジアで人類は増殖していきました。そしてユーラシア大陸の東西に広がり、4万5000年前にはオーストラリア大陸に到達。3万8000年前には草の舟を漕ぎ、私たちの遠い祖先たちが日本列島にたどり着きます。

日本よりもさらに東を目指した一派がいます。彼らはベーリング海峡を渡り、アメリカ大陸に上陸。1万年前、南アメリカ大陸の南端にたどり着きます。それが2000世代、4万年前に及ぶ壮大な旅路の終着点でした。

すべての始まりである「出アフリカ」のメンバーは一体何人ほどいたのでしょうか？　数千人と考える研究者もいますが、中には150人と考える研究者もいます。

オックスフォード大学のロビン・ダンバー氏が提唱した「ダンバー数」によって、人間にとってちょうどいい集団規模は「147・8人」と計算されたのです。

この約150人という人数は、部族、軍隊など実際の集団だけではなく、SNSなどでも見受けられる数です。脳研究のデータから「運命共同体としての最適数値は約150人」という数値が割り出されたのは興味深いですね。

いずれにしてもこの旅路の延長線上に、私たち一人ひとりの人生が、今あるのです。

現生人類はそれぞれが紆余曲折を経ながらも、みな同じ種族です。したがって、人種という括りによってどの人種が優れている、どの人種は劣っているなどと決めつける人種差別は本当に愚かなことだと言っていいでしょう。

しかしヨーロッパでは古代から近代に至るまで、人種差別が当然のことと横行していました。古代ギリシアの奴隷論や近代ヨーロッパの有色人種奴隷論、人類分類表、顔面角などの奴隷論・人種論は、長きにわたって人種差別を正当化していました。高名な哲学者や科学者らが人種差別を当然のことだと説いていたことは恐るべき事実です。

まずは、アメリカ先住民とコロンブスによる新大陸「発見」についてみていきましょう。

新大陸「発見」、その真実

ヴェネツィア出身の偉大なる航海者、クリストファー・コロンブスがアメリカ大陸を「発見」したのは1492年のことでした。ここで「発見」と括弧をつけたのは、そこにはすでに先住民の人々が住んでいたからです。コロンブスと同じ航路でアメリカ大陸に到達した人はいないはずですから、彼が新航路を発見したというのは間違いないでしょう。それはとてつもない偉業です。

しかしすでに先住民の人たちが暮らしていた場所に上陸しただけなのに、「新大陸発見」とか「新世界発見」と呼ぶのはどういうことなのでしょうか。コロンブスがアメリカ大陸を「発見」した、などと表現することこそが、ヨーロッパ・白人中心的な視点と言わざるを得ないでしょう。

さて、苦難の航海の末にバハマの海岸にたどり着いたコロンブス一行は、先住民のタイノ族の人々と出会います。タイノ族は非常に温厚な人種で、武器の存在そのものを知らなかったと言います。コロンブスは彼らとの出会いに感銘を受けたようで、次のように記しています。

「さほど欲もなく……こちらのことにはなんにでも合わせてくれる愛すべき人々だ。これほどすばらしい土地も人もほかにない。隣人も自分のことと同じように愛し、言葉も世界で最も甘く、やさしく、いつも笑顔を絶やさない」

私も88クルーズのオプショナルツアーで、エンベラ族というパナマの先住民の方々と交流しました。もちろんそのエンベラ族と当時のタイノ族はまた別の部族ではありますが、アメリカ大陸の先住民という点では共通しています。私が出会ったエンベラ族の純真無垢で笑顔を絶やさない姿は、かつてコロンブスたちが出会ったタイノ族の人々を彷彿とさせるものがあります。

さて、コロンブスたちはこの愛すべきタイノ族の人々にどう接したのでしょうか。彼らは数多くのタイノ族を捕らえた挙句、奴隷としてスペインに連れて帰りました。さらに武力を背景に無理やり金の採掘に駆り出します。金の採掘のために畑仕事すら放棄させられ、5万人もの人々が餓死するという深刻な飢餓が発生したのです。

タイノ族に残酷な仕打ちをしたのはコロンブスたちだけではありません。イスパニョーラ島の第3代統治者であるニコラス・デ・オバンドは、豪勢な宴で島の有力者をもてなす振りをし、その宴に参加した有力者たちを皆殺しにします。この後、圧政に耐えかねた住民がついに反乱を起こすと、オバンドは断固たる姿勢で挑み、7000人ものタイノ族が殺されました。

スペイン人が入植してからわずか10年もしないうちに、島の人口は6万人から1万1000人にまで激減したと記録されています。横暴な侵略者たちは、過酷な労働で島の住人がたくさん死んだことを反省するどころか、労働力の不足を補うために他の島々から先住民を連行して奴隷にしました。

これが「新大陸発見」の真実なのです。悪魔の所業と言わざるを得ないでしょう。タイノ族の人々は、いきなり現れたスペイン人たちに対して何も悪いことはしていません。むしろ優しく親切にしていたのです。コロンブスたち勇気ある航海者はしかし、侵略者でもあったのです。彼らは新天地で出会った人々を人種差別し、奴隷にした挙句、時には命すら奪いました。

彼らが、かつて苦楽を共にしたたった150人の「兄弟」だったことも忘れて。

インカ帝国の断末魔

コロンブスが「発見」した西インド諸島のさらに南に、インカ帝国がありました。私も88回クルーズで訪れたマチュピチュ遺跡などは有名でしょう。私も実際に訪れ、機械による力なしで高原に築かれた空中都市の荘厳さに心打たれました。

そのマチュピチュを作り上げたインカ帝国は悲劇的な歴史をたどりました。悲劇をもたらしたのは、またしてもヨーロッパからの航海者です。

1530年代のインカ帝国では皇位継承権を巡った内紛が起こっていました。内紛の末にアタワルパが第12代皇帝に即位します。ちょうどその頃、インカ帝国に到来したのが、征服者として悪名高いフランシスコ・ピサロたちです。1532年10月16日にピサロはアタワルパと謁見しました。ピサロは総勢200名に満たない軍勢だったため、アタワルパ側も警戒せずに謁見を許しましたが、それは大きな間違いでした。

この時、ドミニコ会士バルヘルデが、一国の皇帝・アタワルパにキリスト教への帰依とスペイン王への服従を勧告します。そして聖書をアタワルパに差し出します。お前はキリスト教に改宗してお前の国はスペインの植民地になれと言っているようなものです。この無礼極まりない行いにアタワルパは当然怒り、聖書を投げ捨てます。

マチュピチュ遺跡（撮影：Takaoka Shima）

するとピサロの指示を受けて潜んでいたスペインの軍勢は、銃や騎兵（馬）といったインカの人々が見たことも聞いたこともないような武器を用い、瞬く間にインカの兵士たちを制圧。皇帝アタワルパも捕らえられてしまいます。

アタワルパを捕虜にしたスペイン人たちは、莫大な身代金を要求します。広大なインカ帝国全土から大量の金銀が集められました。その量は金が6トン近く、銀は11トン以上だったと言われます。しかし莫大な金銀をもってして要求に応えたのにも拘らず、無情にもアタワルパは縛り首により処刑されます。1533年8月29日のことでした。

アタワルパの処刑後もピサロたちの欲望に果てはありませんでした。同年の11月にクスコに侵入したピサロたちは、次々に神殿や宮殿の黄金製品を奪っていきました。黄金をいくら奪っても飽き足らないスペイン人たちは、インカの人々に厳しい追及を加えていきます。

1536年にはインカの王族の生き残りが軍隊を引き連れてアンデスの奥地へと逃げ込み、抵抗を続けました。しかし1572年、ついに最後のインカ皇帝トパック・アマールも捕まってしまいます。トパック・アマールはクスコに連行され、インカの人々の見ている前で、首を切り落とされて処刑されました。これがアンデス全域を支配していたインカ帝国の最後の瞬間だったのです。

こうした残虐な行為はインカ帝国をはじめ、南米大陸の全域にわたって行われていました。参考文献である、ラス・カサスが著した『インディアスの破壊についての簡潔な報告』からいくつか引用します。

「この四十年間に、男女、子ども合わせて一二〇〇万を超える人たちがキリスト教徒の行った暴虐かつ極悪無惨な所業の犠牲となって残虐非道にも生命を奪われたのである。それどころか、誤解を恐れずに言うなら、真実、その数は一五〇〇万を下らないであろう」（32ページ）

「キリスト教徒はインディオの身体を一刀両断にしたり、一太刀で首を斬りおとしたり、内臓を破裂させたりしてその腕を競いあい、それを賭け事にして楽しんだ」（37ページ）

「スペイン人はインディオに重さ三アローバもする荷物を背負わせ、そして、荷物を置き捨てにしないよう、彼らを鎖に繋いだ。スペイン人はこのようなことを何度も繰りかえし行い、時には、連行された四〇〇〇人のインディオのうち、無事に帰れたのはわずか六人ということもあった。（略）スペイン人たちは鎖を外すのが面倒なので、歩けなくなったインディオの首枷の辺りに剣を振りおろし、首と胴体がそれぞれ別の方向へころげ落ちるように始末した」（78ページ）

信じられないほど残酷な行いですが、ここに書かれていることの大半はおそらく事実でしょう。当時に写真などはありませんが、数多くの残虐行為が版画として残されています。

そしてこの残虐行為に目を背けず、勇気ある告発を行ったのが、司祭のラス・カサスだったのです。彼は人類史上、最も初めに人種差別と植民地支配の不正に立ち向かった人物です。彼の著書は、私たちが人種差別や植民地支配について学ぶ際に大いに参考になると思います。

北アメリカ大陸の悲劇

苛烈な人種差別の被害にあったのは、南米だけではなく北米の先住民の人々も同じでした。例えば、1606年にイギリスからアメリカ西海岸に入植者が移動した時のことでした。144人いた乗組員は到達した時点で104名にまで数を減らします。またその後も寒さや病気で多くの死者が出ました。

彼らを助けたのがインディアンでした。トウモロコシの栽培方法などを教えてあげ、そのおかげでイギリス人たちは飢餓を乗り越えることができました。タバコの栽培を教えたのもインディアンたちです。

しかしイギリス人たちはその後、恐ろしい暴挙に出ます。インディアンの村々を襲撃して食料を奪い、家畜のバッファローを銃で撃ち殺し始めたのです。やむをえずインディアンが反撃すると、逆恨みしたイギリス人たちは彼らの村を躊躇せず焼き払い、女子供に至るまで命を奪っていきました。

アメリカ合衆国はイギリスの植民地がイギリス本国から分離して成立した国ですが、その始まりには血塗られた歴史があったのです。

アメリカ合衆国が独立した後も、インディアンへの迫害や黒人奴隷の酷使は続きました。ところで、ここにあるアメリカ合衆国大統領の言葉を引用します。誰の言葉か推測しながら読んでみてください。

「私は、白人種と黒人種の社会的、政治的平等を実現させようとしていないし、これまでしてきたこともない。黒人を有権者や陪審員にしたり、公務に就かせたり、白人と結婚させたりするつもりはないし、これまでそうしたこともなかった。（略）私の意見では、両人種が手を携えて社会的、政治的平等を享受することはできない。だからこそ、両人種が共に暮らす限り、上位と下位という二つの立場が生まれ、皆と等しく、私も白人が上位を占めることを支持している」

一体、誰の言葉なのでしょうか？　今までもこれからも黒人に権利を与えず、白人が上位で黒人が下位に位置することを望んでいます。明らかに人種差別に基づいた発言と言えるでしょう。この発言は第16代合衆国大統領・リンカーンによるものです。

驚いた方も多いかも知れません。彼は「奴隷解放の父」と呼ばれる人物なのですから。実は、彼が奴隷解放令を出したのは、経済的な理由からだと言われています。奴隷制を維持するよりも、白人が労働者として働いて賃金を得る社会を実現したいというのが彼の理想でした。つまり黒人のためではなく、白人のための奴隷解放令と考えた方がしっくりくるのです。

彼は1865年に暗殺されますが、その2年前（1863年）の夏、ジェームズ・カールトン准将に南西部のナバホ族のインディアン討伐を命じました。カールトン准将の命を受けたキット・カーソン大佐は徹底した焦土作戦を行い、ナバホ族の命を奪い、また強姦や放火といった犯罪行為も作戦の一環として実行されました。彼らの食料源であるトウモロコシ畑や小麦畑は焼き尽くされたのです。そして家畜である馬とラバを43頭、羊とヤギを1000頭以上奪い去りました。

翌年（1864年）、リンカーンはナバホ族8500人を300マイルも離れたアパッチ族の強制収容所への徒歩連行を命じます。当然途中で数百人の死者が出ますが、その大半は女性や子供、老人でした。

たどり着いた強制収容所「ボスク・レドンド」でも強制労働が待っており、女性は米軍兵士から強姦され、また収容所で生まれた乳幼児のほとんどはその新しい命を生後間もなく失いました。

結局、リンカーンの死後の1668年に和平条約が調印されるまでに、2000人以上のナバホ族の命が奪われたのです（参考文献：『THE INDIANS』Capps Benjamin TIMELIFE, 1976）。

また1864年と言えば、コロラド州のサンド・クリークで行われた虐殺も特筆すべき事件です。シビングトン大佐は「本官はインディアンを殺すためにやってきたのだ。神の支配するこの世界では、どんなやり方でインディアンを殺そうとも、それは当然の権利であり、名誉あることだと、自分は信じている」と言い放ち、虐殺を実行します。

この残虐行為は時のアメリカ議会でも問題視され、実際に現場を訪れたジェームズ・コナー大尉から次のような証言を行います。

「男、女、子供の死体は、どれもこれもみな頭の皮をはがされていました。死体の多くは、これ以上むごたらしくはできないほど切り刻まれ、男女、子供の見境なく生殖器が切りとられていました」

おぞましいとしか言いようのない、否、おぞましいという言葉をもってしても到底表現できないような行為です。

結局、1890年頃にはアメリカ大陸の先住民は35万人までに減少しました。1640年代から1860年の奴隷解放宣言まで200年以上続いた奴隷貿易でも、黒人は家畜かそれよりも酷い扱いを白人から受けました。そして差別はその後も続き、完全に奴隷制度が廃止されたのはミシシッピ州で、なんと2013年2月になってからのことでした。

II　なぜ日本は植民地にならなかったのか

日本では

アメリカ大陸の悲劇の次に、ある国における人種差別の被害について書きたいと思います。「ある国」とは私たちの祖国、日本です。

戦国時代の日本は、スペイン・ポルトガルと深い関わりを持つようになります。フランシスコ・ザビエルなどの宣教師たちが日本を訪れ、数多くの手記を残し、布教を続けたのは歴史の授業で習った通りだと思います。そのため彼らは、カステラや金平糖、カボチャなどをもたらしてくれた人々だと理解されています。

しかし、本当にそれだけだったのでしょうか。前述の通り、スペインは瞬く間にインカ帝国をはじめアメリカ大陸を征服します。そして後述しますが東南アジアのフィリピンも占領し、マニラ市を建設。そして日本人と関わり合いを持つに至りました。

日本を訪れたキリスト教の宣教師たちは、領主たちをキリスト教に改宗して、その領地をキリスト教化していくのが手っ取り早い手段だと考えます。織田信長と謁見し、有名な『日本史』

をはじめとする様々な記録を残したルイス・フロイスらもそう考え、布教を続けます。

信長は一向宗に対抗するためにも、彼らとの貿易で利益を生むためにもイエズス会に協力的な態度をとっていました。スペイン・ポルトガルは布教を認めないと貿易には応じないとしたため、九州と畿内を中心に多くのキリシタン大名を生みます。

多くの宣教師は日本人に敬意を払っていたと言います。例えばイタリア人宣教師のグネッキ・ソルディ・オルガンティノは、「日本人は全世界でも、とても賢明な国民に属しており、彼らは喜んで理性に従うので、我ら一同よりはるかに優れている」、「私には全世界でこれほどの天賦の才能をもつ国民はないと思われる」と報告書に記録。大絶賛です。

しかしイエズス会宣教師の中心人物であるフランシスコ・カブラルは日本を見下し、「日本人はアフリカの黒人と同等の劣った民族である」と人種差別による主張を行いました。彼はキリシタン大名に対し、「領民をキリスト教に改宗させ、神社・仏閣をすべて破壊し教会を建設せよ」と迫ります。日本の伝統や文化を無視した命令です。有馬晴信、大友宗麟、大村純忠ら九州の大名はポルトガルの支援を必要としていたため、カブラルの言い放ったことを実行してしまいました。

特に大村純忠は神社仏閣だけではなく、祖先の墓所の破壊まで命じました。当然これに反発するものが続出し、家臣の一部が反乱を起こしてしまうほどの事態に繋がります。それだけではなく、純忠はイエズス会に長崎を丸ごと寄進するということまで行っていました。一歩間違えれば、日本もインカ帝国のようにキリスト教の布教を通じて領土を侵略されていたかも知れないのです。

こうしたカブラルの強硬な態度は、日本国民の感情を逆なでし、宣教師やひいてはキリスト教そのものに対する反感を強めることになりました。

奴隷として売られていく日本人

織田信長の亡き後、豊臣秀吉が天下統一を成し遂げます。そして秀吉は「伴天連追放令」を出した人物でもあります。この「伴天連追放令」は、キリスト教の布教を行う宣教師に国外退去を命ずる法令です。これだけ聞くと、信教の自由を侵す横暴な悪法に思われるでしょう。しかし秀吉が「伴天連追放令」を出した理由を追究していくと、私たち日本人が忘れ去っていた恐るべき事実が浮かび上がってきます。

「伴天連追放令」に際し、秀吉はイエズス会のガスパール・コエリョ（カブラルの後任者）に対して詰問を行っています。この中から一節を抜き出してみましょう。

「何故、ポルトガル人は日本人を購い奴隷として船に連れていくや」

日本に多くの事物をもたらしたポルトガル人はしかし、日本人を奴隷として売買していたのです。アメリカ大陸で酷使された黒人奴隷やあるいは現代日本の北朝鮮による拉致被害者の方々の存在は有名ですが、かつての日本人奴隷について、私たちはあまりにも知らなすぎるのではないでしょうか。私が人種差別の企画を行い、こうして著書で紹介するのも、忘れ去られた日本人奴隷の無念を私たちがもっとしっかりと考えるべきだと感じたからです。

そして秀吉こそは、日本人奴隷の存在に怒り、彼らを救うために「伴天連追放令」を出すなど行動を起こした人物なのです。貿易や布教を理由に多くのポルトガル人などの「南蛮人」が日本を訪れていたのは前述の通りです。そして彼らの中には、日本人を奴隷として購入し、労働を強いたり海外へ連行したりする者が多数いたのです。秀吉はそうした日本人奴隷を取り戻したいと考え、コエリョたちイエズス会に費用を払っても構わないから、彼らを日本に帰すようにと解放を訴えかけていたのです。

では、私たちの多くが忘れてしまった日本人奴隷は、どんな取り扱いを受けていたのでしょうか。ポルトガル人たちは日本人奴隷を買い取り、手足に鉄の鎖をつけて、船底に詰め込みました。そして日本人奴隷を船にすし詰めにしてアジアの諸地域を回り、日本人を売り払っていたのです。また日本人奴隷は労働力として使役されていただけではなく、性的な虐待の被害にも遭っていました。イエズス会のコエリョ自身が、ポルトガル商人の蛮行を記しています。

「彼等商人は若き人妻を奪いて妾となし、児童を船に拐《かどわ》かし行きて奴隷となすを以て、多数の人は寧《むし》ろ死を撰びて処決するあり」

また、イエズス会の文書には次のような記述もあります。

「これらの（ポルトガル人）下僕は購買したる少女等と放縦なる生活をなして、破廉恥の模範を示し、その或る者は澳門《マカオ》への渡航船中船室に伴い行くこともあり」

日本人は労働力としてアジアの諸地域で売り払われるだけではなく、人妻や少女を含む多くの女性が性的な被害にも遭っていたのです。日本人奴隷が取引される際には、「文明化」つまり「キリスト教化」の儀式が伴いました。つまり日本人奴隷の人々は、ポルトガル人の奴隷になる際に洗礼を受ける習慣があったのです。これは長崎でも行われました。これこそはイエズス会の宣教師たちが奴隷として売買される人たちの存在を知っていて、その取引が正当化されるプロセスに関与していた決定的な事実と言えるでしょう。

ちなみに1571年3月12日に、ポルトガル国王のドン・セバスチャンは日本人奴隷の売買を禁ずる勅令を出します。ただそれは日本人奴隷の胸中を慮ってのことではなく、「ポルトガル人が日本で行う奴隷取引が、キリスト教布教の拡大を妨げるから」という理由でした。たとえるなら、先に書いたリンカーンが黒人奴隷を解放したのが経済的な理由からだったというのと同じように、自分本位な理由からです。

しかし素直に聞き入れる向きは少なかったようで、当時ポルトガルの植民地だったインドのゴアでは、国王の勅令に反対する集会が行われています。いわく奴隷売買は自由な経済活動の一環である。いわく「商品」の売買を禁じられたら経済的損失がある。いわく奴隷売買は「神の掟」に反しない正義の行いである……。多くのポルトガル人が日本人を奴隷として売買することに良心の呵責を感じていなかったことは、この問題を考える上で重要な指標となるでしょう。

秀吉がポルトガル人らキリスト教徒を非難し、責任を追及していたのは奴隷問題だけが理由ではありません。秀吉はキリスト教徒たちによる日本への侵略といった事態を危惧し、それを未然に防ごうとしていたのです。これは伴天連追放令のあとのことですが、1597年に秀吉はフィリピン総督フランシスコ・テーリョ・デ・グスマンへの書簡において、キリスト教の布教について厳しく追及しています。

「貴下の国では法の布教は外国を従えるための策略でありぺてんであるということを聞いている……私はこう考えかつ信じている。乃ち、貴下はこのような方法で貴国の旧支配者を追出し新しい支配者となったように、貴下は私たちの法を貴下の法によって踏みにじり、破壊し、当日本国を奪おうとしている、と」

秀吉はキリスト教の布教は名目であり、本当の目的は日本の新しい支配者になること、つまり日本を侵略することだと喝破しているのです。果たしてそれが言いがかりだと言えるでしょうか？

キリスト教布教は植民地支配の始まり？

秀吉の時代、世界は大航海時代と呼ばれる時期にありました。冒険の名のもとに侵略行為が行われていたことは、前項でアメリカ大陸の悲劇について触れた通りです。

また、アジアにおいても侵略の魔の手は広がっていました。世界初の世界一周を成し遂げたことで名高いマゼランは、1519年9月20日にフィリピンに到着します。いくつかの島に上陸して回ったマゼランは、31日にリマサワ島で最初のミサを実施。夕方には海を見下ろす丘に十字架を立て、フィリピン諸島を「サン・ラザルス諸島」と命名しました。聖なる儀式がひと段落着いたマゼランは、4月7日に到着したセブ島に対して砲撃を浴びせ始めます。

こうしてマゼランは武力による制圧のもと、セブ王フマボンに同盟関係を結ばせたのです。そして王妃、皇太子も含めた800人余りが1日のうちに、その後数日のうちに2200人以上の人が洗礼を受けることになります。

マゼランはセブ島に近いマクタン島の支配も画策。マクタン島の首長・ラプラプに服属を要

フィリピンの英雄・ラプラプ。左下はセブ島在住のスペイン系フィリピン人男性（撮影：Mochida Koichiro）

求します。しかしラプラプは、「私はいかなる王にも、いかなる権力にも従わないし、貢物もしない。もし我々に敵が向かってくるなら、竹とこん棒で命を懸けて戦う」と毅然と抵抗の意思を示します。

マゼランはこれに怒り、部下60名と同盟を結ばせたフマボン王の配下1000人を率いてマクタン島へ侵攻。翌朝には49名の銃兵がマクタン島の海岸線に一斉射撃を開始。これを迎え撃つラプラプ軍は銃弾を盾で防ぎながら、数百の矢を射るなど勇敢に戦います。

苦し紛れにマゼラン軍は民家に火を放ちますが、文字通り火に油を注ぐ結果となります。勇猛なラプラプ軍の戦士たちは闘志を燃え上がらせ、攻撃は激化。ついに一本の毒矢がマゼランの右足を貫き、彼はそれが致命傷となります。最後のとどめとして、ラプラプ本人がマゼランの首を取って勝鬨があがります。

白人中心の歴史観では、「世界一周の快挙を成し遂げたマゼランが不運にも土人に殺された」

という記述になっています。しかしこれもコロンブスの「新大陸発見」と同じく、あまりにも偏った考え方と言えるでしょう。フィリピンの教科書の記述は当然のように異なります。「マクタンの戦いは、フィリピン人が外国の侵略者から独立を守ることに初めて成功した誇らしい記録である」と。今もフィリピン国内には英雄として彼の像が誇らしげに立っています。

しかしその後、本格的に侵出してきたスペインによって、フィリピンは植民地化。その支配は300年以上にわたります。そして1898年の米西戦争の結果、1899年にフィリピンはアメリカ合衆国の植民地となります。しかしそれはフィリピン人の意思を全く顧みない、欧米の国同士の取り決めでしかありませんでした。

私が88クルーズで初めて訪れた土地がこのセブ島なのですが、宣教師たちの像をはじめ多くのスペイン時代の名残を見せる遺産を訪れました。この時の経験が企画に大きな影響を与えたのは言うまでもありません。

インドネシアを支配する植民地主義

インドネシアはオランダの植民地支配を受けることになります。厳密に言えばオランダはスペイン・ポルトガルと違ってキリスト教の中でもプロテスタント系であり、宣教師による布教活動を積極的に行ってはいませんでした。徳川幕府が鎖国下においてもオランダとの交易を続けていたのは、こうした理由からです。しかし欧米の植民地支配を検証していくためにも、ここでオランダによるインドネシア支配について簡単に触れておきたいと思います。

1596年、オランダはジャワ島に艦隊を派遣。武力に劣るインドネシアは侵食されていき、1602年にオランダ東インド会社が設立されます。1609年にはジャワ島にオランダ総督府が設立され、本格的な植民地支配が展開されることになりました。

過酷な支配の中でも特筆すべきは、1830年に総督のファン・デン・ボスが制定した「強制栽培法」でしょう。これは農地の20％までを、ヨーロッパで販売するための生産品（コーヒー、砂糖、藍、胡椒、タバコなど）を現地のインドネシア人に強制的に栽培させるようにするという法律です。そしてそうした作物を低価格で買収することを目的とした、人種差別に基づいた法律でした。

全農民にこれが課され、農民でない人たちは年間66日間にわたって、これらを生産するための労働に充てられました。また実際は20％を大きく超える土地で強制栽培が行われるといった不正も横行していたようです。オランダはこの悪法によって暴利をむさぼり、鉄道建設と産業革命に成功します。しかしインドネシアの農民は農地を無制限に徴発され、自分たちの食料を賄う稲作の労働力も奪われてしまい、各地で大飢饉が発生します。

さすがにオランダ本国でも人道的見地から非難が高まりましたが、完全撤廃に至るのは1915年のことでした。実に85年間にわたって、インドネシアの人々は強制栽培法に苦しめられます。

（ちなみに『人種差別から読み解く大東亜戦争』の著者である岩田温先生は同書において、ムルタトゥーリが著した『マックスハーフェラール』を参考文献として挙げています。『マックスハーフェラール』は小説ですが、オランダによるインドネシア支配を実証的に検証する以上に、当時の様子を想起させる内容となっていますので紹介いたします。）

愛国者・豊臣秀吉

さて、話を豊臣秀吉に戻しましょう。

彼は、キリスト教の布教など方便に過ぎず、スペイン・ポルトガルは日本を植民地にしようと企んでいると喝破したのです。今まで見てきたように、スペイン・ポルトガルによるキリスト教の布教は武力を伴う、あるいは布教と同時に武力的侵略が行われることが常だったのです。ラス・カサスのような一部の良識ある司祭らがいたことは事実ですが、それ以上に独善的な無法者が多かったのは事実でしょう。

秀吉がキリスト教徒に不信感を抱いた理由は他にもあります。それはイエズス会のコエリョがキリシタン大名を支援するという名目で作った軍艦の脅威です。九州平定のために博多に赴いた秀吉に対し、コエリョは軍艦に乗って秀吉に面会を求めました。秀吉は実際にその軍艦に乗船し、その鋭い観察眼を発揮します。コエリョに対しては立派な軍艦であると称賛しますが、彼は内心キリスト教徒たちが強力な軍艦（武力）を有している事実に驚き、不信感を強めました。そして日本を海外からの侵略の魔の手から守ろうと考えるに至るのです。

そして秀吉は島津氏を征伐して九州を平定しますが、その時にこそ大村純忠が長崎をイエズス会に寄進したこと、神道・仏教への迫害、ポルトガル人による日本人奴隷の売買といった諸問題が発覚し、激怒するに至るのです。

こうした流れの中でついに１５８７年、筑前箱崎（現在の福岡市東区）で伴天連追放令が発令されます。伴天連追放令の条項には次のようなものが含まれていました。

「大唐、南蛮、高麗へ日本仁を売遣候事曲事、付、日本ニおゐて人の売買停止之事」

この条項がキリスト教の布教という宗教問題と同列に扱われていることは興味深いことです。これは秀吉が、日本人奴隷が海外で売買される問題がイエズス会の問題でもあると認識していたことを示します。先述の通り、イエズス会は奴隷売買のプロセスにおいて間違いなく一機能を担っていて、それを秀吉は見抜いていたのです。

他にも、秀吉配下の増田長盛の調査によってスペインの思惑が発覚します。スペイン人から、「スペインはまず多数の宣教師を送りキリシタンを増やす。そしてキリシタンに改宗した者と力を合わせて諸国の君主を倒してきたのだ」との証言が得られたのです。まさにインカ帝国やフィリピンの項で紹介した通りです。

キリスト教徒たちは布教と並行して、日本人を含む有色人種を奴隷とし、各地に植民地をつくって非人道的な行いをしてきました。これに加えて、スペインが日本を植民地にしようとしていたことを知り、秀吉は不信感を強めていくのです。

こうした歴史的な経緯を踏まえれば、秀吉のキリスト教徒への警戒心・猜疑心は日本を守る政治家としては極めて自然なものではないでしょうか。そして秀吉は激動する国際情勢の中、天下統一されたばかりの日本を見事に海外の魔の手から守り抜いたのです。日本人奴隷の存在に怒り、キリスト教徒たちの日本侵略を防いだ秀吉は、日本が世界に誇るべき偉大な英雄と言えるのではないでしょうか。

よく日本が植民地にされなかった理由の一つとして、「島国だから」という自然地理的な要因が語られます。しかしフィリピンやインドネシア、スリランカやマダガスカル、ニュージーランドといった島国は実際に植民地支配を受けています。日本が植民地にされなかった大きな要因として、秀吉のように海外からの侵略を防ごうとした人物の存在が挙げられます。そして今日本に生きる私たちの生活がその上に成り立っていることを、私たちは忘れてはならないのではないでしょうか。

「独立自尊」という国是

豊臣秀吉の治世後、関ケ原の戦いなど紆余曲折を経て、徳川家康が江戸幕府（徳川幕府）を打ち立てます。江戸幕府もキリスト教への禁教策を踏襲し、鎖国を行うなど海外との交流を限定しました。江戸幕府のもと、日本は比較的平和な社会を築いていきました。そこにペリー来航に象徴されるような国難に見舞われ、動乱の幕末を経て、明治維新という大改革が行われます。

思えば明治維新は、不思議な革命と言えるかもしれません。通常、革命というものは被支配階級が支配階級に挑むものです。しかし明治維新に関していえば、もともと特権階級だった武士たちが自らの特権階級を打ち捨て、今までの慣習を打ち壊すかのように行った革命でした。

もちろん、すべてが円滑に進んだとは言えません。ここで細かく書き記すことはしませんが、薩英戦争や下関戦争などの国難を経験し、日本は幾度となく欧米の植民地になるかどうかの瀬戸際に立たされます。

言うまでもなく、明治維新から始まる日本の近代化は、日本の「独立自尊」を護り抜くための革命でした。「日本が植民地にされてはいけない」、「日本人が奴隷にされてはならない」という秀吉の時代と変わらぬ、愛国心と同胞を守るという気概こそが、日本の近代化の原動力となったのです。

明治初期、不平等条約の撤廃など多くの課題がありました。岩倉使節団の欧米視察などを通して見識を広めた明治政府は、富国強兵・殖産興業を進め、日本の国の近代化を急ぎました。そして日清戦争・日露戦争といった危機を潜り抜け、日本は列強と呼ばれる大国の一員に数えられるまでになります。

駆け足で近代日本の歩みを振り返りましたが、何よりも重要なのは日本が「独立自尊」を護ることが日本の国是だったということです。

Ⅲ　戦前の日米関係秘史

アメリカで排斥される日本人

さて、そんな日本の名誉を大きく傷つけたアメリカの排日運動の問題について、ここで検証していきたいと思います。戦前に多くの日本人が移民としてアメリカ合衆国に渡りましたが、彼らを待ち受ける運命は過酷でした。それはやはり、人種差別の問題だったのです。

アメリカでの日本人に対する差別が表面化するのは、1900年頃です。この頃カリフォルニア州やハワイに移住する日本人移民が増えていきます。彼らと競合することになった白人労働者たちは、差別感情を露わにします。例えば1900年3月に、サンフランシスコ市長が日本人と中国人の居住地区を隔離したことが挙げられます。市内の伝染病の拡大を抑えることが目的とされましたが、日本人や中国人の人々に伝染病の発生の責任があったとは到底言えません。差別行為に憤った日本人は協会を結成し、市長に猛抗議します。こうした日本人の動向に対し、サンフランシスコでは大規模な反日集会が行われることになりました。

この後、カリフォルニア州を中心に排日運動が本格的になっていきますが、その流れを大きく四つに分けて論じていきます。第一の波は、1906年の「日本人学童隔離事件」、第二は1913年の「第一次排日土地法」、第三が1920年の「第二次排日土地法」、そして第四が1924年の「排日移民法」です。

日本人学童隔離事件

第一の波が、アメリカでの本格的な排日運動の始まりを告げた「日本人学童隔離事件」です。

これは1906年にサンフランシスコ市の教育委員会が、日本人児童を公立学校から東洋人学校に隔離するという決議を採択したことが原因でした。当時市内には約2万5000人の学童がいましたが、その中で日本人児童はたったの93人しかいませんでした。具体的な問題が起こるはずもなく、人種差別に基づいた不当な動きと言わざるを得ません。

日本人は怒りを露わにし、事態を重く受け止めた日本総領事館は教育委員会に決議を撤回するように求めました。しかし撤回の意思はないと突っぱねられたため、今度はカリフォルニア州知事に抗議します。ここでも決議の撤回を拒否された日本側は、林董外相が青木周蔵駐米大使に働きかけたことで、とうとうアメリカの国務省に抗議するに至りました。サンフランシスコの日本人学童隔離事件は日米の国際問題にまで発展したのです。

当時のセオドア・ルーズヴェルト大統領は日米関係の悪化を望んではいませんでした。日露戦争の際に日本を支援していたルーズヴェルト政権ですが、予想以上に日本軍が強く、太平洋にフィリピンなど植民地を持つアメリカは潜在的に日本海軍に対する恐怖を抱いていたのです。

このためルーズヴェルトは日米関係の悪化を防ぐべく、事態の鎮静化に向けて協議を促します。最終的には日米のあいだで紳士協定が成立します。アメリカ側が日本人移民を一方的に排斥しないことを条件に、日本はアメリカ本土への移民を制限すると約束したのです。

日本にとって紳士協定は大きな意味がありました。結果的に移民の数が抑えられることになったとして、話し合いによって自発的に移民の数を少なくすることと、強制的には排除されることとでは、名誉の問題として大きな違いが出てくるのです。すなわち、日本人が差別的に扱われてはならないという、日本の名誉を守る意味があったのです。

紳士協定の結果、サンフランシスコ教育委員会は日本人学童に対する強制隔離決議を撤回しました。途中、混乱もありました。カリフォルニア州では「連邦政府が州に圧力をかけた」と反日暴動が起き、日本人移民が経営する店に投石する事件が多発したりしたのです。しかし1908年にカリフォルニア州知事に当選した共和党のジレッドは、ルーズヴェルトと同じ共和党出身者ということもあり、連邦政府に協力的でした。そのため排日暴動も一旦はすぐに解消され、外交問題の悪化に歯止めがかかりました。

こうして無事に日本人移民をめぐる問題は解決されたと思われましたが、実際には日本人に対する差別感情は解消されることなく、やがて2度にわたる排日土地法が成立するに至るのです。

第一次排日土地法

次に、第二の波である第一次排日土地法について話を進めていきます。日米紳士協定が結ばれてもなお、カリフォルニア州では人々の心は人種偏見に捉われていました。1909年に排日土地法案が州議会に提出されたのです。この土地法案は、5年以内に帰化しない外国人の土地所有を全面的に禁止するという内容のものでした。「外国人」と言っても、それは明らかに日本人を第一の標的にした法案でした。実は当時、日本人移民はアメリカ国籍を取得できない、つまりアメリカに帰化することができなかったのです。そもそも帰化権が認められていない日本人移民が、5年以内に帰化できるはずもなかったのです。

せっかく児童隔離事件が紳士協定で収束したのに再び排日の炎が燃え上がったことに、ルーズヴェルトは激怒しました。そしてジレッド知事と再び協力し、この法案を一度は州議会で否決させます。

しかし事態は風雲急を告げます。1909年まで大統領を務めたルーズヴェルトの次の大統領は同じく共和党出身のタフトでした。しかし1913年の大統領選挙ではウィルソンがタフトに勝利し、実に16年ぶりとなる民主党政権が発足します。そしてウィルソンは共和党とは対照的に、連邦政府がカリフォルニア州を尊重すること、そして日本人移民の排斥は必要なことだと州民に訴えかけました。

そして、カリフォルニア上院で勝利を収めたのは、「カリフォルニアを白く保とう！」と露骨な人種差別的スローガンを掲げた民主党でした。さらに排日運動に関して消極的だった共和党のジレッドも知事選に敗れます。こうした流れの中、カリフォルニア州では排日運動が再び過熱していくのです。政治家にとって排日政策は、人種偏見に捉われた民衆から手っ取り早く票を得る手段だったのです。

日米の間で紳士協定が結ばれたにも拘らず排日の機運が高まったのは、この紳士協定に穴があったからでもありました。紳士協定によって、日本人移民は減少するはずでした。しかし紳士協定のあとも日本人移民は増え続けることになったのです。取り決めでは、日本人移民が日本に住む妻や子供を呼び寄せることは認められていました。それは既に妻帯していた人々の家族が移住することを想定していたのでしょう。

しかし実際には、「写真見合い」としてアメリカに移住してくる女性が大勢いたのです。「写真見合い」とは、アメリカにいる日本人移民の男性と日本にいる女性が結婚するための仕組みのことです。日本人移民の独身男性の多くは、日本人女性との結婚を望んでいました。しかしアメリカに在住している未婚の日本人女性はごく少数でした。また紳士協定の成立によって、独身の日本人女性が移民としてアメリカに渡ってくることを待つのも難しい状況となります。

そこで流行したのが、「写真見合い」でした。写真によって選ばれた日本人女性が、未婚の男性日本人移民のもとへ花嫁として呼び寄せられるという方法です。この「写真見合い」は紳士協定でも禁止されていない合法的な行為だったため、多くの「写真花嫁」がアメリカに移民することになりました。

日本人移民と写真花嫁の多くが若く、子供をもうけます。その結果として、日本人の人口がアメリカ国内で増えていくことになるのです。つまり日本人が紳士協定を破ることはなかったのですが、結果として日本人が増えていくことにカリフォルニア州の住民は差別感情を燃え上がらせます。無論、日本人移民も同化の取り組みを続けました。アメリカのマナーやライフスタイルを身につけようと、同化のための変化を惜しまなかったのです。しかし人種まで変えてしまうことはできませんでした。アメリカ先住民の場合もそうでしたし、黒人の場合もそうでしたが、日本人に対する人種感情はそれほど深刻だったのです。

1913年、再び排日土地法案がカリフォルニア州議会に提出されます。ウィルソン大統領は周囲に促され、形式的には日米関係が悪化しないようにと州に配慮を求めます。しかし彼は州の議会に本格的に参加する意図は薄かったようです。そして排日土地法案は議会を通過し、1913年8月10日から第一次排日土地法案は施行されてしまうのです。

これによって帰化資格のない日本人の土地所有は制限されることになりました。帰化資格のない日本人が農地を借り入れることは認められましたが、農地の所有は禁じられてしまったのです。

ただ、この第一次排日土地法で日本人移民は深刻な悪影響は受けませんでした。日本人移民の間に生まれた子供はアメリカ国籍を取得できたためです。日本では両親の血筋を基に生まれた子供の国籍を決める「血統主義」の方法を取っていますが、アメリカでは子供が国内で生まれたら国籍を付与するという「出生地主義」を採用していました。日本人移民の多くは子宝に恵まれました。そして自分たちは農地を所有できなくても、子供の名義を用いれば実質的に農地を持つことは可能だったわけです。

そのため日本人移民は不便を強いられながらもどうにか農業で生計を立てることができました。しかし「日本人を排斥する法律ができた」という事実は日本人移民や日本国内の人々の誇りを傷つけました。そして第一次排日土地法が成立したにも拘らず、日本人移民の耕作する農地が増え続けたことを当然カリフォルニア州の人種差別に捉われた人々は疎ましく感じていました。

第二次排日土地法

ここからは第三の流れである、第二次排日土地法について見ていきます。

州民のあいだで広がる反日感情や排日の機運を政治家は利用します。サンフランシスコ市長を務めたこともある民主党のフィーランは、1920年にこれから待ち受ける選挙のために、下がっていた民主党の支持率を挽回しようと排日運動を利用しました。「カリフォルニアを白く保とう！」という露骨な排日スローガンを掲げ、虚妄の「ずる賢くて危険」という日本人像を州民に扇動しました。

そして残念なことに排日論者の票が流れることを危惧した共和党も排日の流れに転じます。共和党上院議員のインマン、共和党員のチェンバースは「カリフォルニア州排日協会」を結成し、紳士協定の破棄や写真花嫁の入国禁止、日本人の子供にアメリカ国籍を与えないよう憲法を改正することなどを目指します。

こうしてアメリカの二大政党が排日の動きを激化させていきます。当時のカリフォルニア州知事のスティーブンスは、新たなる排日土地法案に反対しました。スティーブンス知事はインマンやチェンバースに懐疑的で、彼らが憲法や法を整備することには反対でした。また後述するのですが、１９１９年から１９２０年にかけて、ヨーロッパでパリ講和会議が開かれており、排日法案が成立するのは国際関係上、アメリカにとっても都合の悪いことでした。そのためランシング国務長官は、今回の排日土地法案が成立しないようスティーブンス知事に圧力をかけていたのです。

しかしこうした排日に消極的だった政治家の行動は成就しませんでした。１９２０年11月２日の住民投票の結果、66万８４８３対22万２０８６という大差で、第二次排日土地法は可決されてしまいます。

これによって日本人移民は、自分の子供や自分が後見人になった子供の名義の土地を所有することを禁じられたのです。さらに日本人移民が51%以上の所有権を持つ会社による農地の所有、貸借さえも禁じられました。日本人移民は形式的にも実質的にも、農地を所有することができなくなってしまったのです。

排日移民法

ここからは最後の第四の流れである、「排日移民法」について述べていこうと思いますが、ここで改めて強調したいことがあります。それはアメリカにおける移民排斥に対しての日本の見解です。『アメリカの排日運動と日米関係』から少し引用してみましょう。

「日本政府は、当初から移民問題はアメリカの「国内問題」であるという立場を保持しており、アメリカ政府は移民を規制して排斥する権利を国家として原則的に有していると理解していた。ただ、日本政府がこだわったのは、たとえ排斥するとしても、国家的体面に配慮する形で立法され、かつ規制をどの国に対しても平等に適用することにあった。すなわち、日本人移民が排斥されたとしても、それが他国の扱いと同等ならば黙認できるというのが当時の日本政府の基本姿勢であった」

日本はアメリカに対して、内政干渉を行ったわけではありませんでした。移民を抑えたいと考えるアメリカ側にも充分理解を示し、その上で日本人の名誉を傷つけないで欲しいと考えていただけなのです。それを踏まえた上で、日米の歩み寄りの上で成立したのが日米紳士協定でした。しかし、その紳士協定を踏みにじる形で二度にわたる排日土地法が成立したのは今まで見てきた通りです。そして残念ながら、歴史の流れはますます日米の摩擦の方向へ向かうことになります。

移民帰化委員会は、「帰化資格のない移民」の入国を禁じ、日本国民の移民を一切認めない法案の成立を促す報告書を提出するに至ります。その報告書の内容は次のようなものでした。

「同化しない人種の端的な例が東洋人移民であり、彼らはアメリカの社会、政治、経済にとっても脅威となりかねない存在である。そのため、現行の移民法によってすでに排斥されている東洋人移民だけではなく、日本人移民の完全な排斥も必要である」

移民を同化できる存在とできない存在とに差別化し、日本人は同化しないだけではなく潜在的な脅威であると位置づけているのです。これが本来ならば移民の帰化を手助けをするべき移民帰化委員会の見解だったのです。日本側は日米紳士協定を破ることはありませんでした。そのためこうした排日の動きに対応し、国務省などに働きかけますが、それが報われることはなく排日移民法が成立してしまいます。正式名称は「一九二四年移民法」で、その名の通り1924年の7月1日から施行されることになります。この排日移民法の成立をもってして、遂に日本人移民は名目的にも実質的にも、アメリカ国内での土地所有を禁じられるのです。

排日移民法はそれまでの排日的な法律とは異なり、カリフォルニア州など一部の州に適用されたものではありません。アメリカ合衆国全体の法律です。これはアメリカ人の多くが日本人を排斥することに賛成だったことを示す事案です。一部の良識的・友好的な人たちがいたことには変わりはありませんが、その事実は日米に多くの遺恨を残すことになりました。

そしてその要因は様々なことが挙げられますが、大きな理由は人種差別だったのです。

日本国民が感じた恥辱と怒り

度重なる排日的な法律の成立に、日本国民は当然憤ります。

「読売新聞」は排日移民法を「有色人種への挑戦」と位置づけます。排日移民法が施行された1924年7月1日付の「朝日新聞」では、「屈辱の日来る　排日法実施は愈々今日から」とのタイトルの記事が掲載されました。また「時事新報」では、「日本国民に対する最大の冒涜にして損傷」と報道されています。

ルーズヴェルトとハーヴァード大学時代の同級生で友人だった金子堅太郎は次のように悲しみを述べます。

「四十年にわたり日本とアメリカの友好のために尽くしてきた自分の生涯の希望がうちこわ

され、もっとも冷酷な裏切りを味わった」

日本人が感じたのは悲しみだけではなく、「怒り」の感情もそうでした。

そうした憤りの念を京都帝国大学の末広重雄教授も指摘します。

「もっとも之（排日移民法）に依って直接に我国の蒙る不利はさして大なるものでないとしても、日本国民の顔に『劣等国民』『望ましからぬ国民』の烙印を押すものであるから、一等国民として実に忍ぶべからざる侮辱である。国民の名誉の問題としては、極めて重大なる意義を有するものと云わねばならぬ」（「正義人道に背く米国両院の態度」、「大阪朝日新聞」1924年4月25～28日付）

末広の主張は明快です。日本にとって排日移民法は経済など実質的な被害を多く被るものではなくても、「名誉」の問題としては許しがたいことだと喝破しているのです。直接的被害うんぬん以前に、日本・日本人が公然と侮辱されたことが許せないということです。

我が国が侮辱されてはならないという、強い「独立自尊」の精神が当時の日本国民を憤らせたのです。

私は、戦争をして良かったと言うつもりは全くないのですが、戦前に日本がこうした状況にあったことをきちんと把握しなくては、当時の状況を正しく理解することはできないし、あの戦争をきちんと教訓にして前に進むことができないのではないかと思います。

Ⅳ　日本による世界初の人種差別撤廃提案

人種差別撤廃を世界で初めて国際機関に訴えたのは日本

今まで検証してきたように、肌の色が違う・民族が違うというだけで恐ろしい人種差別が横行してきたのが世界の歴史でした。私も世界一周クルーズに参加し、各地で行われた惨状の記録と記憶を見聞きしてきました。人種が違うというだけで排斥されたり、時には奴隷にされて酷使されたり、虐殺されることも多くあったのです。

さて、そうした人種差別に異を唱え国際機関に「人種差別撤廃」を訴えかけた国があります。私たちの祖国・日本です。１９１９年、第一次世界大戦の後処理としてパリ講和会議が開かれます。このパリ講和会議は大戦後の世界の枠組みを決定するものであり、日本もアメリカ・イギリス・フランス・イタリアと並ぶ5大国の一員として会議への出席を求められます。

日本以外の4大国はそれぞれの国の首相が全権大使として出席します。しかし日本は本土を空にするわけにはいかず、西園寺公望《きんもち》が全権大使でした。実質的には次席全権大使の牧野伸顕《のぶあき》が采配を振るうことになります。そしてこのパリ講和会議では、アメリカ大統領のウィルソンが一つの大きな提案を行います。それは国際平和機関・国際連盟の設立という提案でした。未曽有の大被害を出した第一次世界大戦の反省から、世界の平和を守るための国際機関を設立しようと提案したのです。

ちなみに講和会議において日本代表は、日本政府の訓令にはないことを独断で発言できないことになっていました。ここでいう日本政府の訓令とは、第一次世界大戦でのドイツとの戦いで得た中国における利権の優先です。日本はこの訓令のために会議において積極的に発言することなく、サイレント・パートナー（沈黙の隣人）と揶揄されるという事態に陥ります。

そういった状況を打破しようと協議した結果、日本代表は国際連盟規約に人種差別撤廃条項を付け加えることを目指すことになります。この目標は、「国際連盟においては黄色人種に対する人種的偏見のために、日本が不利に陥ることのないようにせよ」という政府の訓令にも反しないものでした。

日本の珍田捨巳《すてみ》や次席の牧野伸顕らは、アメリカのランシング国務長官やハウス大佐に働きかけ、人種差別撤廃条項の成立のために働きかけます。2月4日、牧野らは具体的な草案を携え、再びハウスのもとに訪れます。その草案における甲案は次のようなものでした。

「各国国民均等の主義は連盟の基本的綱領なるに依り締約国は其領域内に在る外国人に附与すべき待遇及権利に関しては法律上並事実上何人に対しても人種或は国籍如何に依り差別を設けざることを約す」

この提案はその国の中で、外国人をすべてにおいてその国の国民と同様に扱えと主張しているわけではありません。その国に住む外国人の権利や待遇を、国籍や人種によって変えてはいけないということです。例えばA国の中でA国民と外国人の間で権利の違いがあるのは仕方がないにしても、「B国民はこれをしてもいいけど、C国の国民はしてはダメ」とか「白人にはこの権利があるが、有色人種にはない」のような差別をしてはならないという意味です。

この条項はアメリカにとっては耳の痛い話でした。いままで見てきたように、当時のアメリカでは排日土地法が成立していました。アメリカの街中では、「日本人お断り」、「日本人は出ていけ」といった看板が立ち並び、日系移民は就職や教育においても差別されていました。プールや食堂に入れてもらえなかったこともあります。案の定この提案に難色を示すハウスに対し、牧野らは乙案を提出。

「各国国民均等の主義は連盟の基本的綱領なるに依り締約国は其領域内に於る外国人に対し法律上並事実上正当権力内に於て為し得る限り均等の待遇及権利を与え人種或は国籍如何に依り差別を設けざることを約す」

乙案の内容は甲案に比べ、譲歩した内容です。その国の外国人に対し、〝正当な権力の中でできる限り〟平等な待遇と権利を人種や国籍を問わず与えてほしいという提案だったわけです。

こうした日本側の譲歩もあり、アメリカ側は賛同の意を表明してくれました。この人種差別撤廃条項を大統領提案としても構わないと述べたのです。ここに人種差別撤廃条項が成立するかと思われました。

難航する人種差別撤廃提案

しかし、5大国の一員であるイギリスが、特にイギリス連邦内のオーストラリア首相のヒューズが人種差別撤廃条項に強烈に反対します。もし人種差別撤廃条項が国際連盟の規約に入れられるなら、オーストラリアは国際連盟に加盟しないとまで言い放ちました。当時オーストラリアは「白豪主義」といって、白人中心主義を取っていました。そしてアジア人移民や先住民に対して恐るべき差別を加えていました。このように人種差別に基づいて国策を展開するオーストラリアは、日本の提案した人種差別撤廃提案に決して賛成するわけにはいかなかったのです。

国際連盟の規約前文に人種差別撤廃条項を挿入することを諦めた日本は、戦術を切り替えます。前文ではなく、宗教の自由を保障する連盟規約二十一条に、人種差別撤廃に関する文言を加えることを目指したのです。2月13日、牧野は連盟規約二十一条の「宗教に関する規定」に、次のような文言を加えることを提案します。

国際連盟委員会。前列左端から珍田捨巳駐英大使（日），牧野伸顕外相（日），ブルジョア代表委員（仏），セシル封鎖相（英），オルランド首相（伊），後列右から８人目がウィルソン大統領（米）

「各国均等の主義は国際連盟の基本的綱領なるに依り締約国は成るべく速に連盟員たる国家に於る一切の外国人に対し、均等公正の待遇を与え、人種或いは国籍如何に依り法律上或いは事実上何等差別を設けざることを約す」

作戦を切り替えて別の箇所に人種差別撤廃を織り込んだためか、以前よりも強い言い方になっています。この時議長を務めていたのは、イギリスのロバート・セシルでした（ウィルソンが翌2月14日にパリ講和会議での取り決めについてアメリカ議会の承認を得るために一時帰国するため）。セシルは日本が提起した人種差別の問題について、「激烈な論争の対象」となるため、挿入を避けたい旨を表明します。この時、日本案に賛成したのはブラジルとルーマニア、チェコスロバキアの3カ国のみだったため、採決は見送られてしまいます。その後も人種差別撤廃の条項を挿入することができないまま時間が経っていきます。しかし日本は最後まで諦めませんでした。

最後の人種差別撤廃提案

1919年4月11日、国際連盟委員会最終会合の場において、牧野は国際連盟の前文に「各国民平等及び其の国民に対する公正待遇の正義を是認し」という一句を挿入するように提案します。イギリスのセシルは「その修正案を受け入れれば我が国の様々な法律に反することになる」と頑なに反対します。しかし珍田捨巳は「修正案はあくまで理念を謳うものであってその国の内政における法律的規制を求めるものではない。にも関わらず拒否しようというのは、イギリスが他の国を平等とみていない証拠になる」と力強く反論します。ここに会議の流れは決まります。

イタリアのオルランド首相が「この修正案が提起された以上、採択する以外に解決策はない」と日本案に賛成を表明。フランス代表委員ブルジョアも「日本案が示しているのは正義という大原則である。拒否するのは不可能だ」と賛同の意を示します。

「民族平等の原則は、既に連盟の基本的性格となっている。今さら規約の前文に記入するまでもないのではないか」と尚も採決を渋るウィルソンに対し（アメリカでは日本の人種差別廃止提案に対する反対が強まっていた）、日本代表・牧野伸顕はここでごまかされてはならないと毅然とした態度を見せます。「この案は、日本国民の揺るぎない意思である。採決を」。牧野や珍田捨巳の強い主張もあり、採決が取られることになります。その結果は以下の通りでした。

【賛成】

・大日本帝国　2票
・フランス　2票
・イタリア　2票
・ギリシア　1票
・中華民国　1票
・ポルトガル　1票
・チェコスロバキア　1票
・セルブ・クロアート・スロヴェーヌ王国（ユーゴスラビア）　1票

合計11票

【反対】

・アメリカ合衆国　1票（ウィルソンは議長のため投票せず）
・イギリス　1票
・ポーランド　1票（ポーランドは倫理上の観点からではなく、条文に規定がない提案を前文に挿

入することは規約の構成上に問題があるという法理学上の観点から反対）

・ブラジル　１票

・ルーマニア　１票

合計５票

賛成11票、反対５票。ここに日本の主張した人種差別撤廃条項が成立するかに思われましたが、ウィルソンは「否決」の宣言を出します。ウィルソンは「本件定義は全会一致を得ざるに依り不成立と認むるの他なし」と言い放ちます。今までの取り決めはすべて多数決で決めてきたにも拘らず、です。

こうしたアメリカの高圧な態度と威力の前に各国首脳は静まり返ります。そそくさと次の議題に移ろうとするウィルソンに対し、牧野は振り絞るような声で、人種差別撤廃の大義を求めていたという事実と経緯を議事録に記すことを求めます。それが精いっぱいの抵抗でした。

こうして人種差別撤廃を追い求めた日本の提案はその苦労の甲斐なく否決されます。日本国内で失望の声があがったのは言うまでもありません。また日本の人種差別撤廃条項に期待していたアメリカの黒人たちも自国の態度に憤り、暴動に発展します。

大東亜戦争の原因の一つは人種差別

さて、私たちは世界の歴史の中で巻き起こった人種差別の災厄について見てきました。そして世界で初めて人種差別撤廃を国際機関に訴えた日本の主張が空しく否決されたのも先ほど見た通りです。

人種差別の問題が大東亜戦争の要因の一つにもなった事実を確認するために、ここで昭和天皇のお言葉を紹介させていただきたいと思います。

「この原因を尋ねれば、遠く第一次世界大戦后の平和条約の内容に伏在している。日本の主張した人種平等案は列国の容認する処とならず、黄白の差別感は依然残存し加州（カリフォルニア州）移民拒否の如きは日本国民を憤慨させるに充分なものである。又青島還附を強いられたこと亦然りである。

かかる国民的憤慨を背景として一度、軍が立ち上がつた時に、之を抑へることは容易な業ではない」

陛下のご主張は明確です。人種差別撤廃条項の否決。排日移民法の成立。そして欧米の圧力による利権喪失。こうした事実に国民はみんな怒っていました。忘れられない怒りがありました。しかしそれはやり場のない怒りでした。そうしたなか軍が真珠湾を攻撃した時、多くの国民は「ああ、やってしまった」ではなく「よくぞやってくれた」と開戦を支持します。そしてその熱狂を抑えることは決して容易なことではないというご主張です。

また『人種差別から読み解く大東亜戦争』の著者である岩田温先生は、日本国民が抱いた「人種差別への怒り」が、私憤から公憤へ転化したと分析しています。「日本を貶めるとは許せない。日本が侮辱されてはならない。日本人は劣等人種ではない」。自分たちや同胞が差別されるのが許せないという私憤はやがて、アジア（そしてオセアニアやアフリカの人々も含めて）の有色人種が差別されるようなことがあってはならないという公憤へと変化していきます。

日本は自分たちの国を守るだけではなく、アジアの解放と独立を目指して戦うようになるのです。

V　真実の大日本帝国

アジアの革命基地だった戦前の日本

ピースボートの企画の中でもそうでしたが、戦後の日本では「戦前の日本は悪い国」とか「アジアの侵略者」というような扱いで描かれことが多いと思います。しかしそう扱われるようになったのは戦後のことで、昭和初期までの日本は教育や思想、経済などでアジア諸国を牽引する存在でした。

開国以来、世界中の知識や知恵を吸収してきた日本はアジアで初めて近代化に成功した国でした。国民に幅広く教育を提供し、技術を発展させた日本は植民地になることなく、世界で地位を確立していきました。また日露戦争ではアジアの島国である日本がヨーロッパの強国・ロシアを打ち破り、世界を仰天させました。その勝利はのちにインドの首相となるネルーをはじめ、多くのアジアの人々の精神に大きな影響を及ぼします。そうした日本の姿は欧米の植民地支配に苦しんでいたアジアの人々にとって学びの対象でした。

例えば近代中国の生みの親である孫文は、１８９５年の武装蜂起に失敗した後、日本に亡命します。その後ハワイやイギリスなどを経て再び日本に戻り、かつて中国を旅した日本の革命家・宮崎滔天たちの支援のもと、「中国革命同盟会」を設立。その後の辛亥革命を成功させます。

この時、孫文たちを支援した日本人は多数いました。帝国ホテルの創業者である大倉喜八郎は革命資金３００万円（現在の価値にして約60億円）の融資を行います。映画会社・日活の前身となるエム・パテー社の梅屋庄吉も資金提供を行っています。

また、インドカレーで有名な新宿・中村屋を皆さんはご存じでしょうか？　中村屋にインドカレーの作り方を伝授したラス・ビハリ・ボースは、当時イギリスの植民地支配を受けていたインドの独立を目指す革命家でした。B・ボースは第一次世界大戦中に日本に亡命していました。「戦争に協力すればインドを独立させる」というイギリスの約束は守られることなく、彼は日本で徹底抗戦の構えだったのです。

インド独立を目指す革命家が日本で保護されていたという事実は大東亜戦争中に日本とインドが協力する大きな下地となり、やがてはインドの独立に繋がっていきます。私も2016年に中村屋でインドカレーを食しましたが、前年のピースボートクルーズでインドやシンガポールを訪れ、日本がインドの独立に協力した歴史を学んでいた私には感慨深い体験となりました。

20世紀初めにベトナム独立運動で中心的役割を果したファン・ボイ・チャウも、日本の地を踏みます。1905年に横浜に来たチャウは当時フランスの植民地だったベトナム本国に向けて、日本に留学生を送るように指示します。それから2年後にはベトナム人留学生は200名に達し、東京で「新ベトナム公憲会」を組織。抗仏独立運動の一大勢力となります。

中国の革命家・孫文（左）とインドの革命家・ラス・ビハリ・ボース（右）

当時の日本は、フランスと日仏協定を結ぶことによって不平等条約の撤廃や協力関係を構築することを目指していたため、こうした独立運動はその妨げになる恐れがありました。事実フランス側も留学生の家族を逮捕するなどの圧力をかけてきます。しかし引き渡すのは忍びないということで、「国外退去」で落ち着くことになります。

大東亜戦争の前にフランス領インドシナ（現在のベトナム・ラオス・カンボジア）に進駐した日本は、戦時中にベトナム帝国の独立を承認。戦後もベトナム独立のために多数の日本兵が協力します。私は日本語教師の仕事をしていますが、学習者の方は中国人に次いでベトナム人の方が多いです。その背景には、こうした歴史上の事実があるのではないでしょうか。

また、ビルマ（現在のミャンマー）の僧侶で独立運動家だったウ・オッタマに手を差し伸べたのも日本人でした。デパート松坂屋の当主・伊藤祐民はオッタマの依頼を受けて実費でビルマ人留学生を受け入れています。ビルマは当時イギリスの植民地帝国だったインド帝国（イギリス国王がインド皇帝を兼ねる支配形態）に組み込まれていました。

日英同盟のパートナーであり、当時世界でもっとも力のある国だった大英帝国を敵に回すことになってもビルマや前述のインドの独立に手を差し伸べようとした人が多数いたことは、当時の日本にそれだけ志と胆力を持った人たちがいたことを示すものです。

多くの留学生が学んだ戦前の日本

また、日本は古くから教育水準が非常に高く、江戸時代には寺子屋などの教育機関の充実によって非常に高い識字率を誇っていました。幕末の江戸の識字率は男子が79%で女子が21%、知識階級である武士ならばほぼ100%に近いものでした。こうした教育水準の高さこそが、日本が欧米の植民地にならなかった大きな要因でしょう。

豊臣秀吉のところでも書きましたが、「島国だから」という自然地理的な理由だけでなく、人々がきちんと教育を受け、自分の国を守るために学んでいたからこそ日本は植民地にならなかったのです。そしてその教育水準の高さは、国の独立や自立を目指すアジアの革命家たちにとって非常に魅力的に映ったことでしょう。

のちに中華人民共和国の首相となる周恩来は、1917年に19歳で来日し、東亜予備学校で日本語を学びます。中華民国の元首となり、第二次大戦後は台湾に移動した蔣介石も、陸軍士官学校の準備教育をしていた東京振武学校の卒業生です。初の中国人留学生の受け入れは明治29年のことでした。これは日清戦争の敗北から2年後のことで、中国の人々は日本を恨むというよりもそこから学び取ろうとしたのです。

中国人留学生の数はその後も増えていき、日露戦争に日本が勝利するとその数はさらに激増しました。その後、日中関係が悪化していくにつれて中国人留学生の数は減っていきますが、それでも昭和初期には5000人以上の中国人留学生がいました。

また日本が統治していた朝鮮半島やあるいはベトナムやフィリピン、インドやインドネシアなどからも多くの留学生が日本に学びに来ていました。のちに韓国の大統領となる朴正熙も日本の陸軍士官学校出身です。

日本は戦前に人種差別撤廃という理想を世界に訴えかけただけではなく、実際にアジアの人々に教育を実施しました。そしてそのことが大東亜戦争におけるアジア各国の日本への協力へと繋がり、戦後の日本との友好関係へと繋がっていくのです。

アジアの解放と独立を目指して

日本はいろいろな理由によって大東亜戦争を開戦しました。戦いを通じてアジアの人々と対話した日本はやがて、自国を守るというだけではなく「人種差別撤廃」や「植民地支配の打破」という「公憤」や「大義」を目指すようになります。

そしてそのために尽力した人物として、外交官の重光葵《まもる》が挙げられます。彼は第一次世界大戦の講和会議において採用された「民族自決」の欺瞞を喝破しました。「民族自決」とは、アメリカのウィルソン大統領が提唱した概念で、その民族のことはその民族で決定しようという考え方です。この民族自決の原則によって、東ヨーロッパではポーランドやバルト三国、チェコスロバキアやフィンランドなどの独立国が成立します。

しかしこの民族自決がアジアやアフリカにおいて適用されることはありませんでした。植民地支配をやめたくなかった欧米列強は、民族自決の理念を有色人種に適用させるわけにはいかなかったのです。その事実に対して、重光はどうしても納得がいきませんでした。以下は彼の手記から引用した文章です。

「東洋に対しては亜細亜植民地の観念は何等改めらるる処なく、即ち東洋人に対しては人種の平等が認められぬのみでなく、民族主義の片鱗をも実行せられなかつた。東洋を永遠に西洋の奴隷であるとする考えが尚維持されたのは非常な矛盾であつた」（『重光葵 手記』）

「東洋を永遠に西洋の奴隷」と傲慢に考える欧米諸国への厳しい批判です。そして彼は大東亜戦争の勃発後、日本の大義を世界に知らしめたいと考えます。そして彼が構想したのが大東亜会議であり、大東亜憲章でした。再び彼の手記から引用します。

「東洋の解放、建設、発展が日本の戦争目的である。亜細亜は数千年の古き歴史を有する優秀民族の居住地域である。亜細亜が欧米に侵略せられた上に其植民地たる地位に甘んずる時期は已に過ぎ去った」

第一次大戦後には実現されなかった、「東洋の解放」つまり植民地支配の打破。それこそが大日本帝国が大東亜戦争を戦う大義に他ならないと重光は力強く述べています。

Ⅵ　日本人が知らない大東亜戦争の大義

空の神兵

では大東亜戦争において、日本はアジアの国々にどのような影響を与えたのでしょうか。ここでは国別にそれを検証していきましょう。

インドネシアは先述した通り、オランダの植民地支配を受けていました。その約350年にわたる支配に終止符を打ったのは日本だったのです。オランダはアメリカやイギリスなどとともにABCD包囲網をつくり、石油などの資源を一方的に禁輸する処置をとって、日蘭の友好的な関係を一方的に絶ちます。

それを受けて1942年1月11日、堀内豊秋大佐率いる海軍横須賀第一特別陸戦隊がセレベス島のメナドに空挺作戦を開始。オランダとの戦いが始まります。この時に特に活躍したのが海軍落下傘部隊でした。さらにメナド攻略作戦から1カ月後、最大の製油所があるスマトラ島・パレンバンに、今度は陸軍落下傘部隊が一大空挺作戦を敢行します。国民の期待を背負った久米精一大佐率いる陸軍第一挺進団は、2月14日にマレー半島を飛び立ちスマトラ島に到着。329人の精鋭たちは落下傘降下を行い、舞い降りた各部隊は目標を次々と制圧していきます。

その後、日本艦隊はスラバヤ沖海戦とバタビア沖海戦で「ＡＢＤＡ艦隊（アメリカ・イギリス・オランダ・オーストラリア連合艦隊）」を完膚なきまでに叩き潰し、制海権を握ります。そしてついに3月1日、今村均中将率いる陸軍第十六軍は蘭印の主要部であるジャワ島に上陸。戦闘開始わずか9日目の3月8日にはインドネシアのオランダ軍を降伏に至らしめます。日本は３５０年に及ぶオランダによるインドネシア支配を、わずか2カ月で打ち破ったのでした。

空の神兵と謳われた日本軍落下傘部隊（『大東亜共栄圏写真大観』鉄道工学会, 1943年より）

ところで、初戦において活躍した海軍・陸軍の落下傘部隊とインドネシアには不思議な「結びつき」が存在します。日本軍が上陸したインドネシアのミナハサ地方には、「わが民族が危機に瀕する時、白馬に跨る英雄が率いる神兵が空から舞い降りて助けてくれる」という古くからの言い伝えがありました。「ジョヨボヨの予言」です。オランダの支配に虐げられていたインドネシアの人々にとって、落下傘で降下してオランダ軍を駆逐した日本軍兵士の姿は、まさにその伝説を体現した存在に映ったのでしょう。

そして、日本人の多くはインドネシアの人々と対話し、その植民地支配に苦しんだ苦難の歴史に耳を傾けました。その苦しみを取り除く取り組みも惜しみませんでした。その多くが農村出身であった日本兵にとって、田畑の多いインドネシアは郷愁の念を抱かせる土地だったのです。

ジョージ・S・カナヘレは、著書『日本軍政とインドネシア独立』において、日本の果たした役割として次の4点を挙げています。

・オランダ語や英語を禁止し、公用語としてのインドネシア語の普及を促した
・青年に軍事訓練を課し、厳しい規律や忍耐心を教え、勇敢な心を植え付けた
・重要な役職を占めていたオランダ人を一掃し、インドネシア人に高い地位を与え、能力と責任感を身につけさせた
・ジャワ島にプートラ（民族結集組織）やホーコーカイ（奉公会）の本部を置き、その支部をインドネシア全土に作って、組織運営の方法を教えた

戦前までインドネシアでは、オランダの方針により現地の人々が高い地位に就くことも組織を作って団結することも許されてはいませんでした。そうした状況を打破したきっかけは、日本がもたらしたのです。また日本軍はインドネシアにおいて、PETA（祖国防衛義勇軍）を創設しました。その隊員は3万8000人を数え、独立後のスハルト大統領やウマル副大統領、

スロノ国防相をはじめとする多くのリーダーを輩出した組織です。独立後のインドネシア国防軍の母体となったのも、このPETAだったのです。

インドネシアの独立記念日はなぜ05817なのか

日本は1945年8月15日に敗戦しましたが、直後の8月17日にインドネシアはハッタとスカルノによって独立宣言を行います。混乱があって正式な独立記念日は異なるのですが、インドネシアが植民地支配を受けたあとに独立宣言を行ったのは、この8月17日スカルノ邸で行われたものが初めてです。

我らインドネシア民族はここにインドネシアの独立を宣言する。
権力委譲その他に関する事柄は、完全且つ出来るだけ迅速に行われる。
ジャカルタ　17-8-'05
インドネシア民族の名において

数字は下から順に読んでください。8-17は8月17日のことだから分かりますね。では「05」とは何でしょうか？　1945年のことだから45となるべきではないのでしょうか？

この「05」とは、皇紀2605年のことなのです。皇紀とは、日本の最初の天皇陛下である神武天皇が即位された年を基準とした日本独自の暦です。ハッタとスカルノは独立に協力してくれた日本に感謝の意を示すために、皇紀を採用したのです。

私は88クルーズで「インドネシア独立戦争」という企画も行いましたが、その際にこの皇紀のエピソードも紹介しました。企画に来てくださったシニア世代の方には皇紀をご存じの方も多数いらっしゃり、「おぉ……！」と感銘を受けている方もいらっしゃいました。

よく「戦前の日本はアジアを侵略した悪い国」、「アジアの人々は日本を恨んでいる」という論調を耳にします。クルーズ中もそうでした。しかしなぜ、侵略された国が独立宣言に侵略した国の暦を採用するのでしょうか？　皇紀が独立宣言に採用されていたことは、皇紀そのものは知っていた方も知らなかったようです。こうした真の歴史を広め、日本とアジア各国の友好に繋げることこそが、現代に生きる我々の責務ではないのでしょうか。

さて、日本軍が降伏したことをいいことに、かつての宗主国のオランダが再び植民地支配を行おうと上陸します。しかし日本軍政のもと軍事訓練や教育を施されたインドネシアの人々は以前とは違いました。ＰＥＴＡが中心となり独立戦争を開始したのです。日本は降伏後、武装解除したため協力することは難しかったのですが、武器を奪われたふりをしたり、意図的に置き忘れたりして独立を目指す人々に武器を提供しました。

独立戦争におけるジャワ島での戦いでは、旧日本軍の二枚翼の練習機が機体に描かれた日の丸の下半分を白く塗りつぶし、爆撃装置がなかったため手づかみで爆弾を敵に見舞いました。インドネシアの国旗は上が赤、下が白の2色になっており、日本の飛行機からインドネシアの飛行機に生まれ変わった練習機が独立のために用いられたのです。この練習機は今もジャカルタの軍事博物館に展示されています。

独立戦争は混乱を極め、途中インドネシア共産党と日本軍が衝突する一幕もありました。共産党に拉致された日本人を救出するために日本軍がやむを得ず戦闘を開始、共産党に占領されていたブルー刑務所を制圧します。刑務所内で絶命していた日本人は壁に血書を残していました。寺垣俊夫司令官は「大義に死す」と遺し、ほかにも「天皇陛下万歳」、「インドネシア独立万歳」、「ババギア　インドネシア　ムルデカ（インドネシア語でインドネシア独立万歳）」との血文字が壁に書かれていました。

こうした熾烈を極めた戦いの中、日本に帰ることなく独立戦争に最後まで協力することを決めた日本人兵士は2000人を数えました。その半数に及ぶ1000人は戦死を遂げましたが、今もジャカルタのカリバタ国立英雄墓地に眠っています。

こうした歴史的事実がインドネシアの親日感情に繋がっているのです。インドネシアは戦後、日本からの賠償金を受け取りましたが、交渉を担当したアルジ・カルタウィタナ国会議長は

「独立のお祝いというつもりで賠償金を支払ってください。日本が悪いことをしたから賠償金をくれというわけではありません」と述べています。むしろ「独立できたのは日本軍が軍隊（PETA）を作ってくれ、戦後も日本兵が独立戦争に参加してくれたからだ。むしろ日本に感謝使節団を送るべきだ」との声が挙がっていたくらいです。

こうした歴史的事実をしっかりと知り、インドネシアと日本の友好を育むことが先人に報いる道ではないでしょうか。

昭南島と呼ばれたシンガポール

次に、日本がインド独立で果たした役割について書いていきたいと思います。前述した通りインドの革命家のビハリ・ボースが日本で活動していましたが、大東亜戦争が開戦して日本がイギリスと戦争状態になると、俄然インド独立の機運が高まりました。

特に大きな契機となったのは、シンガポールの陥落でしょう。「東洋のジブラルタル」と呼ばれイギリスのアジア支配の牙城となっていたシンガポールを日本が攻略したことは、その後の戦局と戦後のアジア解放に大きな影響を与えました。

1942年2月、シンガポールでの戦いが始まった頃の日本軍は食料や弾薬がつきかけていましたが、山下奉文《ともゆき》中将は日本軍が無尽蔵の弾薬を誇っているように見せかけるために大量の砲弾を撃ち込み、オーストラリア軍や英印軍（イギリス配下のインド軍）の奮戦を退けてシンガポールを陥落させるに至ります。

要衝のシンガポールは「昭南島」と改名され、日本の統治が始まります。牙城シンガポールが陥落したことは国民を喜ばせ、国内はお祭り騒ぎでした。しかし戦いの実情を誰よりも知っている山下中将はそうした行動を慎み、シンガポール入城の際は兵士に戦友の遺骨を抱いて行進させました。

また、私も実際にシンガポールを訪れた際に見ましたが、山下中将は敵兵への畏敬の念も忘れず、散華した日本兵を表彰する「昭南忠霊塔」の裏には高さ3メートルもの十字架を立ててイギリス軍を弔いました。十字架には「私たちの勇敢な敵、オーストラリア兵士のために」という言葉が書かれていて、その史実はシンガポールの歴史の教科書『現代シンガポールの社会経済史』にも明記されています。敵を尊敬する日本軍人の武士道精神は、シンガポールの人々の胸を打ったのです。

インド国民軍と英雄チャンドラ・ボース

さて、そんな戦時中のシンガポールにおいて、インド独立に大きな役割を果たした部隊が結成されます。それが「インド国民軍（INA = Indian National Army）」です。

マレー半島に布陣するイギリス軍の7割を占めるインド兵に投降と協力を求め、日本軍は藤原岩市少佐率いる「F機関」が働きかけます。藤原少佐たちはイギリス軍に降伏を勧告し、インド兵には誠心誠意日本が大東亜戦争で掲げたアジア解放の大義を説きました。そして共にインド独立のために戦おうと訴えかけました。そして藤原少佐たちの言葉に感銘を受けたモハン・シン大尉は数名のインド兵とともに敵陣の中のインド兵を次々と説得していき、多くの協力者を集めました。モハン・シンはインド国民軍の前期のリーダーを務める人物です。

そしてシンガポールが陥落した時には4万5000人を数えたインド兵が、「インド国民軍」を結成することになります。このインド国民軍の記念碑は今もシンガポールにあり、私も実際にこの目で見ました。一度記念碑は戦後イギリス軍に壊されたのですが、今はマーライオンの近くに「記念碑の記念碑」があり、インド国民軍の勇姿とインド独立に日本が協力した事実を今に伝えます。日本ではガンジーのことは習いますが、どうしてこの誇らしい歴史を教えないのか不思議でなりません。私たちが真に平和を望むのであれば、歴史の様々な側面をありのままに学ぶことが大切なのではないでしょうか。

さて、そんなインド国民軍ですが、藤原岩市少佐が次の任務のために転出し、モハン・シン大尉が最高司令官の職位を罷免されるなどの不測の事態が起こります。そこでインド国民軍を新たに率いることになったのが、〝ネタージ〟スバス・チャンドラ・ボースでした。

チャンドラ・ボースは名家に生まれ、33歳でカルカッタ（現コルカタ）市長、41歳でガンジーやネルーと並び国民会議派の議長となった人物で、インド独立運動の中心人物でもあります。彼はイギリス統治下のインドで反英独立運動を繰り広げ投獄されましたが脱走し、アフガニスタンを徒歩で踏破するなどの険しい道のりを経て、1941年4月にドイツにたどり着きます。ドイツはイギリスと戦っていたためボースは厚遇され、在留インド人やアフリカ戦線に送られていた英印軍のインド人捕虜を集めて義勇軍を結成しました。

インド国民軍の記念碑

　ボースはヒトラーと会見し、インド独立を支援する声明を出してほしいと依頼します。しかしヒトラーは「インドの独立にはあと150年はかかるだろう」と冷たくあしらいます。ヒトラーは人種的偏見を持っており、アジア人の独立運動家を反英という側面以外では高く評価することはありませんでした。

　しかし、前述の通り日本がシンガポールを陥落させます。日本はシンガポールでインド国民軍を結成し、ビハリ・ボースを指導者としてインド独立連盟がシンガポールを拠点に設立するなど、インド独立に非常に協力的でした。チャンドラ・ボースは「今や日本は、私の戦う場所をアジアに開いてくれた。この千載一遇の時期にヨーロッパの地に留まっていることは、全く不本意の至りである」と述べ、日本行きを熱望しました。この時、日本はボースの影響力を理解しておらず、なかなか連携をとることができませんでした（その結果としてインパール作戦の発動が遅れ、戦局が不利になってからインドに進出することになったのは残念でなりません）。

往け、デリーへ！

１９４２年、インドで「８月事件」が起こります。これは国民会議派が「イギリスよ、出ていけ！」という決議を出し、インド全土にわたって繰り広げられた反英デモに対し、イギリスが戦闘機による上空からの機銃掃射で容赦なく群衆を射撃し、弾圧を加えた事件です。死者は９４０人、逮捕者は6万人にも及びました。戦時中もイギリスはインド独立運動に対し、苛烈に対応していたのです。

その後、日本政府はボースを支援することを決定し、日独合意のもとボースは海路で日本に向かいます。キール軍港を１９４３年2月8日にUボートで出発したボースは、マダガスカル沖で日本の潜水艦に乗り移ります。その後、日本の占領地で軍用機に乗り換えて、5月16日に東京に到着しました。

彼は6月に重光葵外相や東条英機首相と会談し、東条首相はボースの人柄とインド独立への情熱に感銘を受けます。そして内外記者を集め会見を行い、インドに向けてのラジオ演説や日比谷公会堂での演説を経て、日本とインドの協力を印象付けます。

7月にボースは、シンガポールでインド国民軍の兵士を閲兵《えっぺい》。インド国民軍を率いる立場となります。ドイツで同様の組織を作ろうとした彼は、国塚中尉に尋ねます。「どうか教えてほしい。私がドイツでできなかったことを、どうして君たち日本人がいとも簡単にできたのか」と。

国塚中尉はこう答えます。「我々は同じアジア人です。我々は共通の文化を持つ上に、藤原少佐が真心を持ってインド兵捕虜に接したからです。今度も、日本軍は真心を持ってインド国民軍と協力すれば、必ずインドの独立は勝ち取れます」。

そして10月、ボースを首班として自由インド仮政府が樹立されます。満場の拍手をもって首班に推挙されたボースは、「チェロ・デリー！（往け、デリーへ！）」と祖国インドに向けた歴史的進軍の開始を高らかに宣言します。日本が

大日本帝国軍とインド国民軍の混成部隊（1944年）

イギリスから奪取したニコバル・アンダマン諸島を本拠地とした自由インド仮政府は、米英に宣戦布告。日本とインドは同盟国のような存在でした。

そして1944年3月、日本はインパール作戦を決行します。このインパール作戦は名著『失敗の本質』などで指摘された通り、確かに兵站の問題などを抱える作戦でした。もしもっと早く作戦を決行できていたら、歴史は変わっていたかもしれません。

しかし、そんな作戦にも忘れてはならない大義はありました。インパール作戦の本質は、日本軍約7万8000名とインド国民軍2万名の日印連合軍による「インド独立戦争」だったのです。

インパールに向かう日本兵は、地元住民からある時は日の丸を振って出迎えられ、ある時は水を差しだされ歓迎されました。そしてインド国民軍将兵は「チェロ・デリー！（往け、デリーへ！）」と雄叫びを上げ、そう大書された横断幕を掲げて進軍しました。

「チェロ・デリー」は軍歌となり、今も多くのインド国民によって歌い継がれています（日本語版も存在します）。ボースは将兵を「我らの国旗を、デリーのレッド・フォードに掲げよ」と激励しました。日本軍やインド国民軍は非常に勇敢に戦いましたが、インパール作戦は失敗し、1945年8月15日に日本は終戦を迎えます。

ボースはインド独立を諦めず、戦いを続けようとします。インパール作戦に参戦したインド国民軍の残存戦力2600人とマレー半島で訓練を受けていた新編師団がタイのバンコクに移動していたのです。

ボースはこれらの兵力を中国北部に移動させ、ソ連の支援を取り付けて中央アジアからインドに向かって進軍する計画を立てていました。「敵の敵は味方」の理論に従えば、次にイギリスと戦うために手を組むべきはソ連でした。彼は8月18日に台湾・台北に到着。日本軍輸送機に乗り、中国大陸の大連を目指そうとします。しかし離陸直後、エンジン故障で飛行機が墜落。重傷を負ったボースは治療を受けますが、帰らぬ人となります。

ラーマン副官に「私は生涯を祖国独立に捧げて、いま死ぬ。独立の戦いを続けるよう！」と遺しました。そして午後8時に治療を受けていた陸軍病院で、「天皇陛下と寺内さん（寺内寿一南方軍総司令官）によろしく」、「同志があとで来るから」と言い遺して、インド独立のために捧げた生涯を閉じます。

独立を手にするインド

戦後イギリスは、インド国民軍を反逆罪で裁こうとします。1万9000人の残像兵力のうち、ヒンズー教徒、イスラム教徒、シーク教徒の将校を一人ずつ軍事裁判の被告として選びました。この三つの宗教はインドの三大宗教であり、イギリスはインドそのものを裁こうとしたのです。当然のように被告の即時釈放を求める暴動が巻き起こります。

またこの裁判の時、証人としてデリーに呼ばれていた沢田廉三・前駐ビルマ大使は、インド国民軍の将兵にある提案をしています。「皆さんはインド国民軍が日本軍の手先で、インド将兵は自由意思によらず、日本軍によって強制されたと主張して、罪を軽くする方向に持ってゆくのが、良策だと思う」と伝えたのです。

それを聞くとインド側全員が憤って、沢田に対して「インド人を侮らないでほしい。インド国民軍は日本軍と対等な立場で共同作戦を行った独立軍だった。日本軍の傀儡《かいらい》では決してなかった。そのようなことを絶対に言ってほしくない。その結果として全員が死刑になっても、インド国民に悔いはない」と口々に言いました。

ボースの故郷のカルカッタでは10万人規模のデモが起こり、レッド・フォートの周辺ではイギリス人指揮官が警官隊に発砲するように命じて数百人の死傷者が出る事態となります。そしてインド全土で民衆が蜂起して大暴動に発展。事態を収束させることはもはや不可能と考えたイギリス側は、3人の被告への刑の執行停止を発表せざるを得ませんでした。

イギリスは最後の悪あがきとして、インド軍総司令官だったオーキンレック大将が、「被告についてては問責しないが、イギリス軍に対する拷問、殺人の非人道的犯罪について、法に基づいて裁く」と発表しました。この数百年においてイギリスがインドで行った非人道的行為を思えば、噴飯ものの発表と言わざるを得ないでしょう。デモが引き続き、インド将兵が立ち上がりイギリス軍と銃を交えることになります。

こうしてインドは1947年8月15日、ついに200年にわたるイギリスの支配下を脱し、独立を達成します。独立後、レッド・フォートでデサイ弁護団長は「日本軍がインド国民軍を編成して、武器をとって進軍させてくれた。この進軍がインド全土で国民運動になって、イギリスに独立を認めさせる契機となった。インド独立をもたらしたのは、日本軍であった」と述べています。

1997年8月17日に、インドの首都ニューデリーでインド独立50周年式典が開催されました。そこではラビ・レイ元下院議長が「日本が日露戦争に勝ったことによってインド国民が勇気づけられて、独立運動に立ち上がった」と挨拶しました。独立運動の闘士でインド最高裁の弁護士であるP・N・レイキ氏はインパール作戦に触れ、「太陽が空を輝かし、月光が大地を潤し、満天に星が瞬く限り、インド国民は日本国民への恩義を忘れない」と訴えます。

インド国民軍全国在郷軍人会代表で、元インド国民軍のS・S・ヤダバ大尉は、1998年1月20日に靖国神社への書簡でこう記しています。「我々インド国民軍将兵は、インドを解放するために共に戦った戦友としてインパール、コヒマの戦場に散華した日本帝国陸軍将兵に対してもっとも深甚なる敬意を表わします。インド国民は大義の為に生命を捧げた勇敢な日本将兵に対する恩義を末代にいたるまで忘れません。我々はこの勇士たちの霊を慰め、ご冥福をお祈り申し上げます」。

チャンドラ・ボースの
胸像（杉並区蓮光寺）

またヤダバ大尉は続けて、こうも述べています。「私が最も日本人を好きになったのは、シンガポールが陥落した頃、捕虜となった我々を兄弟のように扱ってくれたことでした。イギリス人は我々を差別して一緒に食事もしないし、同じ車にも乗りませんでした。ところが、日本人は喜んで我々と食事をしてくれました。このように、人種や身分といった差別を抜きにして同じ釜の飯を食べ、平等な取り扱いを受けたことが、我々インド国民軍に大きな精神的影響を及ぼしたのです」。

２０１５年12月、ピースボート88回クルーズの航海を終えた私は東京に行き、チャンドラ・

ボースが眠る杉並区の蓮光寺を訪れました。実はボースは死後、日本で葬儀が行われたあともこの蓮光寺に眠っています。多くのインド人がボースの死を受け入れられなかったことに加え、戦後の様々な混乱によって彼の遺骨はまだインドに帰っていません。蓮光寺でボースの胸像を見た私は、シンガポールでインド国民軍の記念碑を見たことやクルーズ中にインド独立、「人種差別と大東亜戦争」の企画を行ったことを鮮明に思い出し、一人感動にふけりました。

翌2016年8月17日、再び東京を訪れた私は、チャンドラ・ボースの72回忌法要で正式に蓮光寺を参拝、ボースの冥福を祈りました。法要にはインド人の方や元日本軍通信兵として東南アジアに行かれていた河村さんも来られていて、貴重なお話を伺いました。河村さんはシンガポールで実際に「チェロ・デリー」と掛け声を上げるインド国民軍将兵の行進をその目でご覧になったと言います。

シンガポールやインドで学んだこと。船内で企画を行い学んだこと。日本に戻って学んだこと。すべてが繋がりました。私は日本国民に生まれたことを誇りに思います。

アジア初のサミット・大東亜会議

インドネシアやインド以外でも、ベトナムやフィリピンなどで日本はアジアの解放を目指して戦いました。それらの国のリーダーが一堂に会し、アジア人初のサミットが1943年11月

5日と6日に開かれます。それが前述した大東亜会議です。そして欧米の植民地主義に対抗し、大東亜会議の理念をまとめた大東亜憲章を策定したのが重光葵外相でした。大東亜会議には主として次の人物たちが参加します。

バー・モウ首相（ビルマ）
張景恵総理（満州国）
汪兆銘院長（中華民国南京国民政府）
東条英機首相（大日本帝国）
ワンワイタヤコーン殿下（タイ）
ラウレル大統領（フィリピン）
チャンドラ・ボース首班（自由インド仮政府）

大東亜会議についてバー・モウは、自伝『ビルマの夜明け』で次のように記しています。

「あらゆる観点からみてそれは記憶さるべき出来事だった。この偉大な会議はアジアにわき起こっている新しい精神を初めて体現したものであり、それは12年後、アジア・アフリカ諸国のバンドン会議で再現された精神であった」

大東亜会議は、かつて日本が国際社会に訴えかけた「人種平等」の理念が体現された会議だったのです。

張景恵は、満州国の存在意義について述べます。

「新しい東亜の意識に目覚め、古い東洋の倫理的教養の上に樹立された、強く正しい国家としての満州を安定勢力にするということが、我々の目標である」

大東亜会議の出席者たち。左からバー・モウ（ビルマ），張景恵総理（満州国），汪兆銘（中華民国），東条英機首相（日本），ワンワイタヤコーン（タイ），ホセ・ラウレル（フィリピン），チャンドラ・ボース（インド）

汪兆銘は、アジア各国の自主独立とそれを尊重することを説きます。

「大東亜各国はそれぞれ自らの国を愛し、その隣国を愛し、ともに東亜を愛すべきである。（略）東亜各国はおのおの、その本然の特質を持つがゆえに、自主独立を確保し、また互いにその自主独立を尊重することが必要である」

東条英機は、アジア各国が共有すべき目標を掲げます。

「大東亜の各国が共同して、大東亜の安定を確保し、共存共栄の秩序を建設することは各国共同の使命であると確信する」

タイのワンは、アジアの独立において何が重要なのかを再確認します。

「東亜に恒久的繁栄をもたらす原則は、相互の独立と主権を尊重し、互恵の基礎に立って、（略）各国ならびにこの地域全体の平和、幸福、繁栄を確保するにある」

ラウレルは、大東亜共栄圏の構想が、日本の利己的なものではなかったことを強調します。

「大東亜共栄圏はこの地域の一特定国の利益のために確立されるものではない」

ボースは、ベルリン会議など、かつて欧米列強がアジア・アフリカを分割した会議を先に列挙し、それらの会議と大東亜会議の明確な違いを指摘します。

「この会議は戦勝者間において、戦利品を分割するための会議ではない。これは弱小国を犠牲に供する陰謀の会議でもなければ、弱い隣人をあざむこうとする会議でもない。（略）この地域に新秩序をつくり出そうという会議である」

会議に参加した人々はみな、アジアの解放と独立を目指し、命を賭してきた人物でした。彼らの願いを込めて「大東亜共同宣言」が採択されます。そして戦後アジア各国は自ら立ち上がり、独立を手にするのです。

Ⅵ　輝かしい未来へ向けて

私たちの祖国・日本

私が「人種差別と大東亜戦争」の企画を行ったのは、最初に述べた通り、クルーズ中の企画内容が偏っていたからでした。またクルーズの前半、２０１５年8月31日にシンガポールを訪れた、ピースボートツアーの「昭南島ツアー」にどうしても納得がいかなかったからでもあります。

ここで「昭南島ツアー」について簡単に触れてみます。このツアーにおいて私は、日本軍政下の過酷な現実を学び、軍政下における犠牲者の碑にも献花させていただき不戦の誓いを立てました。……けれども。どうもこのツアー、「戦前の日本は悪い国」という一方的な見解に基づいていたような気がしてならないのです。

ツアーでは訪れませんでしたが、自由行動の時にマーライオンの隣にある記念碑を見に行きました。「インド国民軍」の記念碑です。先に述べた通り、日本は当時イギリスの植民地だったインドの独立を確約し、協力しました。日本と捕虜から募ったインドの人々が協力して組織したのがこのインド国民軍なのです。

また、日本軍の山下奉文中将の精巧な蠟人形がある旧フォード工場記念館には、日本の開戦動機について明確に書かれています。「日本が石油や鉄を禁輸され、戦うか降伏するかを迫られたから」。日本が領土的野心をもって戦い始めたのではない、とシンガポールの人々自身が記述しているのです。

さて、私たちは世界で巻き起こった凄惨な人種差別の歴史と、多くの日本人が知らない戦前の日本の人種差別撤廃のための歩みを見てきました。そして私はクルーズ中に実際に寄港地を訪れ、企画を行い、多くの方と対話して改めて気づいたことがあります。それは、「私の祖国・日本」への熱い気持ちとその真実です。日本は侵略のための侵略に明け暮れていたわけではありません。アジアの人々を奴隷にすることを目的にしたわけでもありません。大日本帝国は邪悪で野蛮な国だったわけではないのです。

もちろん日本の行ったことがすべて正しく、美しかったと言うことは不可能です。誠に残念ながら残虐行為があったのは事実です。日本軍の無理な作戦展開で住む場所を追われたり、大切にしていた農地や農作物が駄目になったりして食糧難が発生するなどの事態も起こりました。

結局は罪もないアジアの人々が、日本とアメリカ・イギリスのような大国同士の争いに巻き込まれただけというのが、多くの人の実感でしょう。そうしたことへの反省は必要です。

しかし、そうした側面のみが過度に強調されるようなことがあってはならないでしょう。戦前の日本は理念を持ち、大義を掲げ歩んできたのです。

国際機関に人種差別撤廃を訴えかけることは間違ったことではありません。

独立を目指すアジアの若者に勉学を教えることも間違ったことではありません。

植民地にされた国の独立を支援することも、決して間違った大義とは言えないはずです。

私たちの祖国・日本。その歴史は決して汚辱《おじょく》にまみれたものではありません。私たちの父祖の血のにじむような努力とかけがえのない犠牲の上に成り立ったものなのです。

無根拠に祖国の歴史を貶め、辱《はずかし》めることは正しいことでしょうか？

いわれなき贖罪《しょくざい》意識に苛まれるのはもうやめましょう。

もう一度、日本と世界の歴史を学んでみてください。自分と対話し、いろいろな人と対話し、世界をその目で見てください。

そして曇りのない目できちんと日本の歩みを見つめなおした時、私たちは自然と自らの祖国と父祖に対し、尊敬と感謝の気持ちを抱くことができるはずです。

（この「人種差別と大東亜戦争」の章およびクルーズ中の企画は、岩田温先生の著書『人種差別から読み解く大東亜戦争』を基として展開しました。改めて学恩に感謝いたします。）

年齢や立場、主義主張を超えていろいろな人と対話する

さて、私はピースボート88回クルーズにおいて、この「人種差別と大東亜戦争」の企画を数回に分けて行いました。オーシャンドリーム号の8階・アゴラでこの企画を行い、多くの方と激論を交わしたことを私は生涯忘れることはないでしょう。

企画の終盤、「日本の歴史は決して汚辱にまみれたものではない」、「大東亜戦争の時に掲げた大義は決して間違っていなかった」と私は結論づけました。

その時、私とクルーズを通して仲良くしてくださっていたシニアの方が発言したことを覚えています。「あなたは戦争自体は間違ったと言いますが……。（大義も）間違ってたんですよ！」、「だったら（大義が間違っていなかったというなら）死んでいった人たちはどうなるっていうんですか！」と。実際に戦争を経験されているシニア世代の方の声です。私のような若輩者の企画よりも、重みのある言葉でしょう。

しかし他のシニア世代の方も、「そうだ。日本の行動は間違っていなかった」、「この子の言う通りだ。日本は戦前もよくやっていたんだ」と意見を発してくれます。

そして私は激論渦巻く8階・アゴラで、こう言って企画を締めくくりました。

「いろいろな考え方はあると思いますが。私は今回、他の企画ではあまり触れられないであろう側面から企画を行わせていただきました。私の企画はこれで終わりですが、クルーズはま

だ続くのでこれからもまた皆さんとお話しできれば嬉しいと思います。本日はお忙しいところ私の企画に来ていただき、ありがとうございました」

皆さんは主義主張を超えて、私に温かい拍手を送ってくださいました。来場してくださった皆さんの拍手を浴びながら私は、「俺の役目は終わった……」そう感じました。

私は「人種差別と大東亜戦争」以外にも、安保法案に賛成する企画などピースボートの流れとは異なる企画を何度か行いました（ちなみにこの安保法案の企画では、私と同じく福岡県出身のビデオ・ブロガーのランダム・ヨーコさんが発信していたことや福岡で街頭演説をしていたことも参考にしました。ヨーコさんは２０１１年に初代YouTube NextUpを受賞されており、日本語・英語双方で国際情勢など、幅広い分野について発信されています。ヨーコさんとは福岡に戻ってから何度かお会いする機会があり、彼女の講演会などにも参加したことがあります。多くのことを発信している方と接することは、非常に学びになります）。

クルーズ中に敢えて流れと異なる企画を行うことには、意味があったと思います。

意外だったのは、「私も安保法案には賛成で」という風に声をかけてくれる人が多数いたことです。クルーズは同調圧力の様相を呈していて、私はそれを間違ったことだと思っていました。

だからこそ安保法案などの企画を敢行したわけで、多くの方が私に心情を吐露してくれたことで、私の心は報われました。

もちろん、「よくやった」と褒めてくれる方ばかりでなく、しかめっ面でにらんでくる人や心ない誹謗中傷の噂を流すような人たちもいました。そんな下らないことに屈する私ではありません。サッカーの項目で紹介した三浦知良選手の心意気も見習い、むしろ「俺が活躍している証拠だ」と喜んでいたくらいです。それに最初は私の企画に突っかかってきたシニアの方とも、対話を重ねて途中からは仲良くなったりもしていました。

企画を通して、自分と同じ考えの方だけでなく、違う考え方の方とも激論を交わしたことは、私を人として大きく成長させてくれました。

「年齢や立場、主義主張を超えていろいろな人と対話する」。安保法案や「人種差別と大東亜戦争」の企画は、私にとって政治的主張や歴史認識というだけでなく、公正さを求めるという人として大切なものを胸にした戦いでした。

自分なりに歴史を学び、意見を持つこと。そして自分なりの考えを持つだけでなく、「年齢や立場、主義主張を超えていろいろな人と対話する」こと。こういったことは、自分のスタイルを確立する上で、大きな一助になると思います。私も企画を通して得た学びと姿勢と誇りを胸に、前に進んでいきます。

第7章　自分ノート

自分ノートとは?

私は毎日、「自分ノート」を書いています。

このノートには日記として日々の記録や思いを書き綴るだけではなく、新聞のスクラップやスポーツの観戦チケット、美術館の入場券や映画の半券、それに買って読んだ本の帯などいろんなものが貼ってあります。

一日の終わりにまとまった文章を書くというよりは、ふとした瞬間にその時思いついたことや感じたことを書いたり、講演会に参加してメモをとったり、本を読み進めて面白かったと感じた時に帯をちぎって貼ったり。そんな風に使っています。

私は2012年に『情報は一冊のノートにまとめなさい』(ダイヤモンド社)という本を読んで、この自分ノートをつくる習慣を始めました。2018年4月現在、150冊目を使っています。

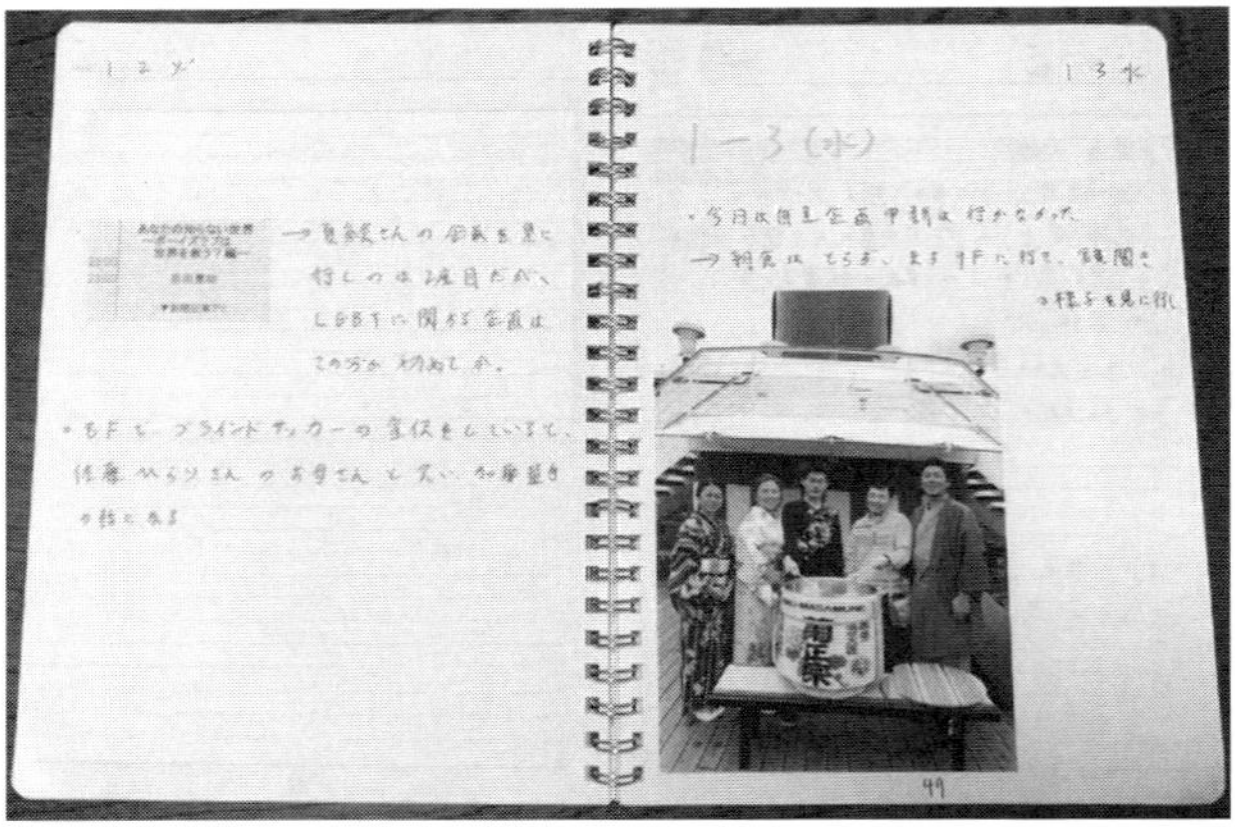

ノートにはその日の出来事を書くだけではなく，写真や新聞記事，チケットの半券や本の帯などを貼ると効果的

『情報は一冊のノートにまとめなさい』は完全版が2013年に刊行されました。このシリーズの本はいくつかあるため、細かいノートづくりの方法、ノート術はこちらをお読みいただくのが一番良いと思います。

私個人の話をしますと、自分ノートがあると良いノートをつくろうと心がけ、毎日を意識して過ごすことができるようになったと感じます。

日々の生活の中で学んだことや、心を動かされたことをネットにアップするだけなのと物理的に残すことはやはり違いが出てくるんだと思います。「このニュースをあの新聞社はどう書くのだろう、良い記事だったらスクラップしよう」とか、「友人と美術館に行くから、半券をノートに貼って思い出に残せるな。友人と写真を撮ったらそれも印刷して貼って、それから感想や友人と話したことをノートに書き残そう」とか考えながら生きていると、漠然と過ごしているよりも感受性が刺激されるのです。

ポイントはやはり書くだけでなく、「貼る」という行為にあると思います。

新聞の読者投稿に採用された自分の文章や、ピースボートクルーズで訪れた海外のお菓子の包み紙や外国語で書かれた美術館・資料館の半券、船内新聞。久々に会う親友の丈と熱く語り合った時に撮った写真。中村俊輔の直接フリーキック弾をリアルタイムで見られたJリーグの観戦チケット。まさかこんなに早く会えると思っていなかった尾崎裕哉さんのライブチケット。

思い出すだけでワクワクするような思い出が、ノートをぱらぱらめくると形になって残っているというのはやはり嬉しいものです。

SNSなどにアップする時とは違う、「空気感」が残るのが良いのでしょうか。

やはりチケットが現物として残っていると、その手触りや匂いも確かめることができます。

「この試合観にタクシーまで使って何とかチケット手に入れたよな～」とか、「チケット渡してくれたイタリアのお姉さんちょっと怖かったよな～」とか（笑）。たくさんの思い出が甦ります。

クルーズ中の行動記録や講演会でとったメモなどは、この本を書くうえでも重要な下地となりました。

あの人もつけている自分ノート

さて、この自分ノートに類するものを書いている方は、『情報は一冊のノートにまとめなさい』の著者である奥野宣之さん以外にも結構いるようです。

例えば、元外交官で数多くの著書を出版している佐藤優さん。佐藤さんはレーニンに習って読書ノートをとっていると著書で述べていました。重要な情報を記憶に定着するためにも、大切な習慣ですね。

ノートには読書体験を残しているだけではなく、語学学習や講演会の構想メモなどの記録も合わせて書いていました。これらはノートを使い分けるのではなく、同じA5サイズのキャンパスノートにまとめて書いていて、偶然にも奥野さんと共通のやり方になっています。私は読書の記録を残していく際は、奥野さんだけでなく佐藤さんのノート術が大変参考になりました。知的創造・作業に興味がある方は一読することをお勧めします。

ちなみに、この自分ノートというものを通じてある不思議な共通点があります。

それは私と父の共通の二大ヒーローである尾崎豊と中村俊輔の二人も、独自のノートを作っていることです。彼らのノートは一部公開されており、また編集され書籍化もされています。

これらは自分の心を見つめなおす際やブラインドサッカーの企画をする時など、人生の中で大いに参考になりました。

夢をかなえるサッカーノート　中村俊輔

中村選手は桐光高校の恩師・豊田一成先生からメンタルコントロールを教わり、その中で闘志を高めるためのCDやサッカーノートについて知ります。これを機に彼のサッカーノートをつけていく習慣が始まるのです。

中村選手は日記も手帳も持たず、サッカーノートを日記や手帳のようにも使っているそう。それは私のノート術と共通しています。

サッカーという面をピックアップすると、書くのは主に目標・トレーニング・メンタル・イメージ・記録の5種類。

まずノートの1ページ目に、短期・中期・長期の目標を書くことが約束事のようです。「目標を書くことは自分への決意表明だ」と語る彼は、それをクリアするために自分が何をすべきかの指標とするために目標を書くのです。17歳の時には既に「J（リーグ）に入る」、「日本代表、世界に通じるプレーヤーになる」と書いた彼は、それを有言実行。

最近では、「Jリーグでもう一度MVPを獲る」と書いて実現したことは記憶に新しいです。彼が2013年度のMVPになったのは第1章で書いた通りですね。

トレーニングの内容を書く際は、図を多用し、課題を合わせて書いて自分の成長に繋げています。私もピースボート88クルーズ中、ブラインドサッカーの企画をするうえで参考にしました。

ブラインドサッカー初心者である私が企画をしていく中で、安全かつ楽しくプレーできるように考えるのは難しいことでした。そこで憧れの俊輔の本『夢をかなえるサッカーノート』の中からトレーニングメニューを応用し、ミニゲームをいくつか考案・実践しました。例えば円陣を組んでのパス練習、目隠しした人がそうでない人からボールを奪う「鬼ごっこ」などのことです。中村選手から学んだことは、クルーズ中にも大いに活きていました。

自分のメンタルや試合のイメージを絵や図、文章にして形にしていることも興味深かった。自分の気持ちを整理するために、いま自分が考えていることや感じていることを形にするのは有効的な方法かもしれません。SNSなどにアップするのとはまた違った内容を書けると思うし、アナログながらの効果が得られると思うのです。

【コラム】ゴジラ

ゴジラシリーズの概要

実は私は物心ついた頃からのゴジラファンです。私が戦争や平和について興味を持ったのは、元はと言えば、ゴジラ映画のおかげです。

このコラムでは、そんなゴジラ映画の魅力について紹介していきたいと思います。

東宝が生み出した、怪獣ゴジラを主役においた怪獣映画シリーズ。

戦後間もない1954年に記念すべき第1作が製作されました。その後製作された作品は29作を数え、2016年の『シン・ゴジラ』が人気を博したことは記憶に新しいかと思います。全29作の合計動員人数が1億人を超える人気シリーズです。

主人公のゴジラのデザインは、その基本的外観（黒い鱗に覆われた体、背びれ、口から放射能熱線を吐く、両足と尾で体を支える体型など）は保ちつつ、シリーズごとに少しずつ違いがあります。

この長きシリーズは大まかに四つに分けられます

①昭和シリーズ

50年代から70年代の昭和シリーズのゴジラは、身長50メートルの水爆実験で目覚めた怪獣とされました。このため初めは戦災を思わせる破壊獣としての描写が目立ちます。その後、第1作の好評を受けてシリーズ化が決定。敵怪獣と戦う「対戦もの」映画としての地位を確立していきました。

初めは恐怖の対象だったゴジラも、映画の主な客層が児童だったため徐々にウルトラマンなどと同じようにヒーロー的な怪獣として活躍するようになっていきます。ゴジラがモスラやラドンなどの仲間と共闘したり、敵怪獣が宇宙人と共に現れたりするなど少年人気を意識した活劇である点が特徴。

②平成VSシリーズ

80年代にはゴジラの身長は80メートルに巨大化。さらに「怖いゴジラ」への原点回帰のために、第1作を除く昭和シリーズとは全く別の時間軸（世界線）にリブートされたシリーズです。

このゴジラ（91年の「VSキングギドラ」からは、現代の核エネルギーにより100メートルに巨大化）が主役を務めるシリーズは、平成VSシリーズと呼ばれます。

昭和シリーズと同様、やはり対戦ものとして描かれましたが、一貫してゴジラは人類の恐怖の対象として描かれています。

ハイテク兵器、ビームや熱線を多用した怪獣バトル、都市破壊などの派手なシーンが多いことが特徴。またスクリーンを所狭しと戦う怪獣たちを売りにしつつも、反核や反戦、あるいは暴走する社会（バブル）、自然破壊への警鐘などの教訓的なテーマを持つ物語の奥行きもシリーズの主題です。

③ミレニアムシリーズ

1999～2004年の作品はミレニアムシリーズ（新世紀シリーズ）と言われています。ただ製作陣が毎回変わっていたため、作品ごとの連動性が無い単発映画になっています（2002年の『ゴジラ×メカゴジラ』、2003年の『ゴジラ×モスラ×メカゴジラ　東京SOS』のみ連動している）。

そのためゴジラの外観には一貫性がありませんが、基本的に人類の脅威として描かれていることや、昭和シリーズを髣髴とさせる懐古調の作風であるという点では一致しています。

やはり対戦ものとして描かれていますが、登場怪獣は過去作品からの再登場やアレンジであり全体的に懐古調の作風と言えるでしょう。

④シン・ゴジラ

2016年に庵野秀明監督の手で12年ぶりに復活した日本のゴジラ（海外版は2014年にも製作されました）。

従来の作品との世界観の繋がりはなく、完全なるリブート作品。政治的な描写が目立つリアル志向の作品ですが、グロテスクながらインパクトあるゴジラのデザインは往年のファンの度肝を抜きました。

また2017年からは、3部作となるアニメ劇場版も放映が開始しました。

主な登場怪獣

ゴジラシリーズには、ゴジラと戦う（あるいは手助けする）個性豊かな怪獣が多く登場してきました。特に有名なのは、ラドン、モスラ、キングギドラ、メカゴジラの4体でしょうか。

ラドンやモスラは、もともとは単体で主役を担う怪獣でした。ラドンは1956年に、モスラは1961年にそれぞれ彼らが主役の映画が公開されています。その後、ゴジラが対戦ものとして描かれるに当たって対戦相手に抜擢された経緯があります。ラドンはゴジラの流れを汲んで太古の翼竜をモチーフにしていますが、モスラは昆虫型の怪獣としてデザインされました。また平和の象徴として、ゴジラとは対照的な存在として描かれました。

キングギドラは1964年の『三大怪獣・地球最大の決戦』で初登場。黄金の鱗、三つの首を持つインパクトあふれるデザインのドラゴン型怪獣です。ゴジラと前述のラドン・モスラが共闘してやっと勝てたという、圧倒的な戦闘力を誇る宇宙怪獣としての登場でした。怪獣の共闘、宇宙からの侵略者という設定は後の作品に大きな影響を与えることになります。

メカゴジラは、昭和シリーズで初登場した際は宇宙人の侵略兵器という位置づけでした。平成VSシリーズやミレニアムシリーズでは、打って変わって人類がゴジラに対抗するために作り出した最終兵器として活躍します。その外観や性能はシリーズごとに違いますが、「ゴジラと戦う」ことを目的にしている点では共通しています。

これらの4怪獣はマイナーチェンジをしつつも、昭和シリーズ・平成VSシリーズ・ミレニアムシリーズすべてに登場しており、その人気が窺えます。

参考文献

●第1章

遠藤保仁『信頼する力』角川ｏｎｅテーマ21

中澤佑二『自分を動かす言葉』ベスト新書

中西哲生『日本代表がW杯で優勝する日』朝日新書

中村俊輔『察知力』幻冬舎新書

中村俊輔『夢をかなえるサッカーノート』文藝春秋

中村俊輔・二宮寿朗『中村俊輔 サッカー覚書』文藝春秋

岡崎慎司『鈍足バンザイ！ 僕は足が遅かったからこそ、今がある。』幻冬舎文庫

川口能活『壁を超える』角川新書

吉崎エイジーニョ『メッシと滅私 「個」か「組織」か？』集英社新書

スポーツ・グラフィックナンバー編『ワールドカップ戦記』文春文庫

長谷部誠『心を整える』幻冬舎文庫

●第2章

広瀬浩二郎・嶺重慎『さわっておどろく！』岩波ジュニア新書

落合啓士『日本の10番背負いました』講談社

伊藤亜紗『目の見えないアスリートの身体論』潮新書
江橋よしのり『サッカーなら、どんな障がいも超えられる』講談社
金子達仁『28年目のハーフタイム』文春文庫
フジテレビ PARA☆DO!『挑戦者 いま、この時を生きる。――パラアスリートたちの言魂』さくら舎

●第3章

尾崎 豊『NOTES 僕を知らない僕』新潮社
尾崎裕哉『二世』新潮社
尾崎 豊『堕天使達のレクイエム』角川文庫
落合昇平『尾崎豊STORY――未成年のまんまで』ソニーマガジンズ新書
尾崎 豊『大いなる誕生』ソニーマガジンズ文庫
尾崎 豊『WORKS』ソニーマガジンズ文庫
橋本 努『自由に生きるとはどういうことか』ちくま新書

●第4章

安藤美冬『やる気はあっても長続きしない人の「行動力」の育て方』SB Creative
成毛 眞『日本人の9割に英語はいらない』祥伝社黄金文庫
飯倉 章『第一次世界大戦史』中公新書
竹田いさみ『物語 オーストラリアの歴史』中公新書

●第5章
外山滋比古『乱談のセレンディピティ』扶桑社
立花　隆・佐藤　優『ぼくらの頭脳の鍛え方』文春新書
且部幸博『珈琲の世界史』講談社現代新書
小林章夫『コーヒー・ハウス』講談社学術文庫
ソフィー・D・コウ、マイケル・D・コウ『チョコレートの歴史』河出文庫
武田尚子『チョコレートの世界史』中公新書
関　眞興『「お金」で読み解く世界史』ＳＢ新書
●第6章
岩田　温『人種差別から読み解く大東亜戦争』彩図社
Ａ・ローバーツ『人類20万年　遙かなる旅路』文春文庫
岸田　秀『史的唯幻論で読む世界史』講談社学術文庫
黄　文雄『学校では絶対に教えない植民地の真実』ビジネス社
武光　誠『世界地図から歴史を読み解く方法』ＫＡＷＡＤＥ夢新書
武光　誠『世界地図から歴史を読み解く方法　２』ＫＡＷＡＤＥ夢新書
保永貞夫『新大陸発見の大航海者　コロンブス』講談社火の鳥伝記文庫
ラス・カサス『インディアスの破壊についての簡潔な報告』岩波文庫
ＹＯＫＯ『超人気ブロガーRandomYOKOの新・愛国論』桜の花出版

豊田隆雄『日本人が知らない日本の戦争史』彩図社
平川　新『戦国日本と大航海時代　秀吉・家康・政宗の外交戦略』中公新書
大泉光一『暴かれた伊達政宗「幕府転覆計画」　ヴァティカン機密文書館史料による結論』文春新書
ルシオ・デ・ソウザ、岡美穂子『大航海時代の日本人奴隷　アジア・新大陸・ヨーロッパ』中公叢書
ムルタトゥーリ『マックス・ハーフェラール――もしくはオランダ商事会社のコーヒー競売』めこん
桜田美津夫『物語　オランダの歴史――大航海時代から「寛容」国家の現代まで』中公新書
蓑原俊洋『アメリカの排日運動と日米関係――「排日移民法」はなぜ成立したか』朝日新聞出版
飯倉　章『黄禍論と日本人』中公新書
ジェラルド・ホーン『人種戦争　太平洋戦争　もう一つの真実』祥伝社
ＮＨＫ取材班『ＮＨＫその時歴史が動いた　コミック版　決死の外交編』ホーム社漫画文庫
竹田いさみ『物語　オーストラリアの歴史』中公新書
中西輝政『日本人が知らない世界と日本の見方』ＰＨＰ文庫
加瀬英明・ヘンリー・Ｓ・ストークス『なぜアメリカは対日戦争を仕掛けたのか』祥伝社新書
加瀬英明『大東亜戦争で日本はいかに世界を変えたか』ベスト新書
倉山　満『嘘だらけの日英近現代史』扶桑社新書
倉山　満『嘘だらけの日仏近現代史』扶桑社新書
江崎道郎『アメリカ側から見た東京裁判史観の虚妄』祥伝社新書
武田知弘『大日本帝国の経済戦略』祥伝社新書

重光　葵『外交回想録』中公文庫
武田知弘『教科書には載っていない！　戦前の日本』彩図社
寺島実郎『二十世紀と格闘した先人たち――一九〇〇年　アジア・アメリカの興隆』新潮文庫
「ニッポン再発見」倶楽部『「あの国」はなぜ、日本が好きなのか』知的生き方文庫
村井吉敬『インドネシア・スンダ世界に暮らす』岩波現代文庫
戸部良一・寺本義也・鎌田伸一・杉之尾孝生・村井友秀・野中郁次郎『失敗の本質――日本軍の組織論的研究』中公文庫
稲垣　武『革命家チャンドラ・ボース』光人社ＮＦ文庫
笠井亮平『インド独立の志士「朝子」』白水社
中島岳志『中村屋のボース――インド独立運動と近代日本のアジア主義』白水Ｕブックス
丸山静雄『インド国民軍――もう一つの太平洋戦争』岩波新書
会田雄次『アーロン収容所　改版――西欧ヒューマニズムの限界』中公新書
大川周明『復興亜細亜の諸問題・新亜細亜小論』中公文庫
倉山　満・鍛冶俊樹『図解　大づかみ第二次世界大戦』新人物文庫
池間哲郎『日本はなぜアジアの国々から愛されるのか』扶桑社文庫
太平洋戦争研究会『太平洋戦争の意外なウラ事情』ＰＨＰ文庫
小神野真尋『アジアの人々が観た太平洋戦争』彩図社
井上和彦『日本が戦ってくれて感謝しています２　あの戦争で日本人が尊敬された理由』産経新聞出

版
井上和彦『ありがとう日本軍――アジアのために勇敢に戦ったサムライたち』ＰＨＰ出版
山口采希『自由と愛国のマーチ』かざひの文庫
江崎道郎『マスコミが報じないトランプ台頭の秘密』青林堂
深田祐介『大東亜会議の真実』ＰＨＰ新書

●第7章

奥野宣之『人生は一冊のノートにまとめなさい』ダイヤモンド社
奥野宣之『読書は一冊のノートにまとめなさい』ダイヤモンド社
奥野宣之『情報は一冊のノートにまとめなさい』ダイヤモンド社
ｅ－ＭＯＯＫ『もっと！　夢をかなえる！　私のノート術』宝島社
長山靖生『ゴジラとエヴァンゲリオン』新潮新書
川北紘一『特撮魂』洋泉社
『ゴジラ　怪獣全百科』小学館

おわりに

「自分のスタイル」を確立することで人生が拓けてくる。私は「はじめに」の中で、そう述べました。章ごとにテーマは違いますが、皆さんが様々なアプローチから「自分のスタイル」を追求することができるように文章を書いたという点は共通しています。

インターネットやスマートフォンが発達した昨今、多くの人が本を読まなくなった、読む機会が減ったとよく聞きます。確かにネットやスマホを使えば、瞬時に情報は手に入るでしょう。しかし手軽に手に入るということは、逆を言えばすぐに役に立たなくなるということではないでしょうか。

また食材が良くても、調理技術がなければおいしい料理は作れません。それと同じで情報や知識があっても、きちんと情報を処理する力がなければ、物事にうまく対処することはできません。

長い人生において待ち受ける困難や試練に対して、ネットで手軽に手に入れた知識で場当たり的に対処していく。そんな人生は有意義でしょうか？　そうではなく、自分なりに物の見方や考え方を培い、多面的なアプローチから対応していく。そして確固たる姿勢や理念を持って生きていくというのが、豊かな人生と言えるのではないでしょうか。

私は本を読むことが好きです。それは情報を得ることができるからというだけではありません。創造力や感受性を育み、今まで持っていなかった新しい視点を身につけることができるからです。それこそが、私が冒頭から述べてきた、「自分のスタイル」を持つことに繋がるのです（本書には参考文献のページもあります。気になる本があれば手に取ってみてください）。

皆さんもぜひ、本を読んだり、旅に出たり、友人と切磋琢磨したり、新しいことにチャレンジしてみてください。世界は可能性で満ち溢れています。もし皆さんがこの本を読んで刺激を受け、「自分のスタイル」を確立するうえで役立つことがあったなら、それに勝る喜びはありません。

最後になりましたが、上梓にあたりたくさんの方にご協力いただきました。人生初の出版に際して多くの助言を頂いた花乱社の別府大悟編集長、宇野道子さん、時にはぶつかり合い、時には高め合った「友達ごっこ」ではない88クルーズの真の仲間たち、第6章の基盤となる参考文献を著された岩田温先生に心より感謝いたします。

そして私事になりますが、父が天国に旅立ったあとも私を常に支えてくれた母に感謝と今後の恩返しの誓いを立て、結びに代えさせていただきたいと思います。

2018年4月4日

矢野哲郎

＊本書発行日の6月28日は、99年前にヴェルサイユ条約が調印された日である。

矢野哲郎（やの・てつろう）

1991年，福岡県行橋市に生まれる。2009年に福岡県立小倉東高等学校を卒業，2013年に下関市立大学経済学部経済学科を卒業。

大学卒業後は塾講師の仕事を行い，国語・数学・英語などの科目を担当。2014年からは，北九州市の公立小・中学校において放課後などの時間帯を利用して学習指導を行う，「子どもひまわり学習塾」の指導員に登録し，4校の小学校を担当。2015年8月から12月にかけて，NGOピースボートが主催する地球一周クルーズに参加し，人種差別に関する企画やブラインドサッカーなど多様な自主企画を実施する。2018年3月にヒューマンアカデミー北九州小倉校の日本語教師養成講座を修了。また大学在学中の2013年から新聞の読者投稿欄に投書を送るようになり，これまで読売・毎日・朝日・産経各紙に27回採用されている。北九州市在住。

instagram : ty22_ott

僕《ぼく》がぼくであるために
ピースボートで大東《だいとう》亜《あ》戦争《せんそう》のことを考《かんが》えた

❖

2018年6月28日　第1刷発行

❖

著　者　矢野哲郎
発行者　別府大悟
発行所　合同会社花乱社
〒810-0073 福岡市中央区舞鶴 1-6-13-405
電話 092(781)7550　FAX 092(781)7555
http://www.karansha.com
印　刷　株式会社西日本新聞印刷
製　本　篠原製本株式会社
［定価はカバーに表示］
ISBN978-4-905327-90-5